지리산

인문학으로 유람하다

강정화·최석기 지음

보고사

들어가는 말

'아름다움은 절로 아름다운 것이 아니라 사람으로 인하여 드러난다'는 말이 있다. 아무리 아름다운 산과 물도 그 자체로는 의미가 없고, 뛰어난 인물을 만나고 또 그들이 남긴 글이 있어야 세상에 이름을 알릴 수 있다는 말이다.

국립공원 지리산과 그 동쪽 산기슭에 자리한 산청군은 수려한 산천과 명승고적이 많은 곳으로 유명하다. 중산리 등산로는 지리산 최고봉인 천왕봉에 오르는 최단코스다. 중산리에서 덕천강을 따라 깊은 계곡과 급류, 기암괴석으로 장관을 이루는 용추龍湫를 지나 칼을 세워 놓은 듯 높이 솟은 칼바위[劍巖]와, 첩첩의 기암과 기이한 모양의 고송으로 유명한 문창대文昌臺를 차례로 거치면 곧 신라의 고찰인 법계사法溪寺에 도착한다. 이어 멀리 남해를 내려다보며 천왕봉에 오르는데, 그 경치가 빼어나기 그지없다.

지리산이 이처럼 빼어난 자연경관을 지녔으나 그 자체만으로 존재한다면, 지리산은 그저 우리나라에 널려있는 다른 산과 다를 게 없을 것이다. 지리산이 지리산다운 것은 뛰어난 인물들이 지리산을 찾아 올랐고, 또 아름다운 글을 남겼기 때문이다. 역사 속 아름다운 인물들이 지리산을 유람하고 남긴 유산기遊山記는 모두 100여 편이 넘는다. 우리나라 명산 가운데에는 금강산 다음으로 많다.

지리산 유산기를 살펴보면, 적게는 서너 명의 벗과 함께 오르기도 하고, 많게는 300~400명이 넘는 대규모 인원이 함께 오르기도 하였다. 유람 일정 또한 짧게는 이틀에서 많게는 두어 달이 넘는 장기간의 유람을 마다하지 않고 지리산을 찾아 나섰다. 그들이 올랐던 유람 코스는 몇 가지로 요약할 수 있는데, 그중 중산리에서 법계사를 지나 천왕봉에 오르는 코스를 가장 애용하였다. 천왕봉을 오르는 과정에서 접한 지리산의 명승들을 일일이 거론하고 거기에 자신의 감회를 기록하였다. 뿐만 아니라 그 유적지와 관련한 역사 속 사건이나 일화 등을 소개하여, 단순히 하나의 자연경물이 아니라 마치 현재에도 역사 속 인물과 함께 살아 숨 쉬는 공간으로 인식시키고 있다.

그들이 이처럼 지리산 천왕봉에 올랐던 것은 그 정상에 올라 공자孔子가 '태산에 올라보니 천하가 작게 보인다登泰山而小天下'고 한 기상을 느껴보고, 나아가 일출 광경을 보고서 호연지기浩然之氣를 기르고자 함이었다. 그들은 천왕봉에 올라 밤을 새우며 일출을 기다렸다. 궂은 날씨 탓에 아쉬운 발길을 돌리는 이도 있었고, 장엄한 일출을 보고서 전율과 환희를 만끽하는 이도 있었다. 그들은 유람에서 일출을 보는 것에 남다른 경험과 의미를 부여하였기 때문에, 그 장엄한 광경에 대해 그들이 가진 문학적 소양을 한껏 발휘하여 상세히 기록하였다. 이처럼 선인들의 지리산 유산기는 시공간을 뛰어넘어 당대 지식인으로서의 자의식自意識과 문학적 지취志趣가 녹아있는 종합적이고 복합적인 기록물이다.

　요즘 지리산이 각광받고 있다. 지리산권역의 지방자치단체는 물론 민간단체까지 합세해 지리산 둘레길, 숲길, 트레킹 조성 등 개발의 바람이 몰아치고 있다. 물론 반대의 목소리도 만만치 않다. 문제는 그 중심에 변화만 있고 목적과 정체성正體性이 없다는 것이다. 지리산을 중심에 둔 변화라면 그 변화의 목적을 분명히 제시하고 각인하여 그 정체성의 혼란을 초래해서는 안 될 것이며, 이는 지리산의 정체성을 확립하는 데서 시작되어야 할 것이다.

　지리산에 대한 연구는 현재까지 다양한 방면에서 행해지고 있다. 전문지식을 요하는 학술 분야에서는 주로 천왕봉天王峰 성모聖母를 비롯한 산악신앙山嶽信仰, 법계사法界寺·화엄사華嚴寺·쌍계사雙溪寺 등 불교박물관을 방불케 하는 수많은 사찰에 관한 불교사상 연구, 청학동靑鶴洞으로 대표되는 지리산 이상향 연구 등이 진행되어 많은 성과들이 나타나고 있다.

　또한 근자에 간행된 안내 책자는 지리산 등반 코스별 일정, 교통 및 먹거리와 숙소를 소개하고, 나아가 각 코스별 유적지에 관한 역사와 현황을 가볍게 곁들인 것이 주를 이룬다. 특히 지리산권역의 지방자치단체나 민간단체가 이러한 추세에 합세하면서 한층 탄력 있게 진행되고 있다. 또한 다양한 축제를 개최해 지리산을 홍보하고, 보다 많은 관광객 유치를 위해 경쟁이라도 하듯 대동소이한 책자를 쏟아내기도 한다. 이 또한 지리산을 세상에 알리는 중요한 역할임은 부정할 수 없다.

　그러나 이러한 성과물에서 간과하고 있는 것이 바로 지리산이

지닌 정체성이다. 지리산을 소개하는 기록이라면서 계절별 지리산의 모습 따위로 흥미를 유발하고, 편리한 숙식처를 소개하는 데에만 치중한다면, 지리산을 찾는 이들에게 하룻밤의 편의를 제공한다는 그 이상의 의미는 찾을 수 없을 것이다. 이것만으로는 천 년 이상 자연과 인간이 함께 공존해 온 역사의 공간인 지리산의 정체성을 찾기란 역부족이다.

그 과정에서 새로운 돌파구로 제시된 것이 근년에 본격적인 연구에 돌입한 지리산 유산기와 유산시遊山詩다. 이 책은 조선시대 선비들이 지리산 천왕봉에 올라 세상을 조망한 후 지은 유산기와 유산시를 중심으로 지리산에 대한 전반적인 인식들을 추고推考해 보기 위해 기획되었다.

무언가 새로운 것이 필요하다. 지리산권역의 어떤 곳을 지나더라도 그곳을 알게 하는 기초자료 조사의 필요성이 절실하고, 이를 기반으로 일반인도 쉽게 이해할 수 있는 스토링텔링storytelling이 필요하다. 아니, 보다 근원적인 방안이 절실하다. 지리산에 대한 인식을 명확히 할 필요가 있다. 그러기 위해서는 지리산에 대해, 특히 지리산 최고봉인 천왕봉의 정체성에 대해 고심하고 정리할 필요가 있겠다. 그래서 일반인들도 역사적으로나 문화사적인 측면에서 지리산이 우리에게 어떤 의미와 좌표를 지니는지 자리매김할 필요가 있다. 이 책은 바로 지리산 천왕봉이 지니는 그러한 좌표 설정에 또 다른 가능성을 제시할 것으로 믿어 의심치 않는다.

지리산은 인연因緣의 공간이며 하나의 생명체다. 지리산은 지금도 수많은 인연을 만들어내며 살아 숨쉬고 있다. 이 책이 나올 수 있는

계기를 만들어 준 산청군과의 인연, 많은 열정과 시간 그리고 지리산 사랑이 듬뿍 담긴 사진을 기꺼이 내어주신 다음카페 [지리산 산길 따라]의 김기훈님과 조인스 블로그 [지리산 숲향을 그리며]의 조용섭님과의 인연, 그리고 작품을 사용할 수 있게 선뜻 허락해 주신 신구新丘 윤효석尹孝錫님과의 인연은 지리산이 만들어 준 또 하나의 소중한 인연이다. 그 인연에 감사드린다.

2010년 2월
지리산의 새로운 비상을 꿈꾸며 강정화가 쓰다

목차

왜 지리산인가

　예나 지금이나 산을 오르는 것은 육체적으로도 정신적으로도 고되고 힘든 일이다. 더구나 그것이 당일 일정이 아닌 경우, 산을 오르기로 결정하는 마음가짐에서부터 산행에 필요한 것들을 준비하고, 그리고 산을 내려온 후 이를 정리하고 되새기는 일련의 과정들을 고려한다면 선뜻 나서지 못함을 쉬이 이해할 수 있다. 오늘날과 같이 교통이 발달하고 여러 문명의 이기利器를 활용할 수 있음에도 산행은 여전히 쉬운 결정이 아닌데, 하물며 과거 우리 선조들의 산행은 어떠했겠는가. 그들에게 있어 산행은 일생의 소망이었다. 때문에 그들은 많은 세월을 기다리며 계획하고 준비했으며, 그렇게 어렵사리 성사된 그 소중한 경험과 여정, 그 속에서 향유했던 자연과의 교감을 아름다운 기록으로 남겨두려 하였다.

　지리산은 삼신산三神山의 하나로 일컬어진다. 삼신산은 중국 전설에 나오는 세 신산神山인 봉래산蓬萊山·영주산瀛洲山·방장산方丈山을 가리키는데, 그 곳에는 영원히 늙지도 죽지도 않게 하는 약초가 있다 하여, 진시황秦始皇이나 한무제漢武帝가 이를 찾아 부지런히 수소문했다는 일화로 유명하다. 우리나라에서는 금강산을 봉래산에, 한라산을 영주산에, 그리고 지리산을 방장산에 견주어 인식하였다. 실제 진시황의 특명을 받은 사신이 불사초不死草를 찾아 도착한 곳이 바로 우리나라였다는 일화가 여럿 보인다. 특히 당나라 때 시인 두보杜甫가 '방장산은 바다 건너 삼한에 있네[方丈三韓外]'라고 시로 읊은 후, 조선시대 지식인들은 삼신산이 우리 동방에 있다고 굳게 믿었다.

　　세상에선 늘 말하기를 "삼신산은 우리 동방에 있는데, 풍악산은 봉래산이고, 한라산은 영주산이며, 두류산頭流山은 방장산이다."라고 한다. 지금까지도 그렇게 전해지고 있다. 게다가 두보의 시에는 "방장산은 바다 건너 삼한에 있네."라고 하였는데, 그 주석에 "방장산은 조선 대방국帶方國의 남쪽에 있다."라고 되어 있다. 대개 한漢·당唐 시대 이래로 이러한 설이 있었다. 천하에 삼신산이 없다면 그만이지만, 있다면 이곳이 아니겠는가. 분명 삼신산이 우리 동방에 있음은 의심의 여지가 없다.

　　한라산은 만 리나 떨어진 먼 바다 건너에 있다. 그 신령스럽고 기이한 경관은 신선이나 진인眞人이 모여 사는 곳인 듯하다. 조정의 명을 받아 탐라[제주]에서 벼슬살이 하는 자가 아니면 항해하여 그곳을 유람했다는 사람을 세상에서 본 적이 없다. 풍악산의 빼어난 경관은 우리 동방에서 으뜸이다. 중국 사람들도 그 땅에서 태어나 꼭 한 번 보고 싶어 하는 곳인데, 진경眞景을 찾고 기이한 경관을 좋아하는 선비 중 누군들 망고대望高臺에 올라 만폭동萬瀑洞의 폭포를 완상하며, 청명한 기운을 맛보며 속세의 때를 씻으려 하지 않으랴.

다만 산맥이 길게 막혀 있어서 금강산 일만이천 봉우리 아래로 한번이
라도 찾아 가서 내 마음과 눈을 상쾌하게 할 인연이 없었다. 그저
원화동천元化洞天을 꿈에서만 상상하고 정신적으로 그려 볼 뿐이었다.

두류산은 내가 사는 영남에 가까이 있고, 내 고향과는 3백 리나
떨어져 있다. 한 번 유람하고자 생각했으나, 세상사에 떠밀려 다니느
라 여태껏 마음먹고 가서 유람하지 못하였다.

〈신명구申命耈, 유두류록遊頭流錄〉

신명구는 본래 경북 인동仁同 사람인데, 지리산 아래에 살면서
인근 지역을 두루 유람하고서 3편의 유람록을 남긴 인물이다. 그의
기록을 통해 조선시대 선비들의 지리산에 대한 인식을 살펴볼 수
있다.

금강산·한라산·지리산은 지리적으로 보아 뚜렷한 인식의 차
이를 보인다. 먼저 뭍에서 한라산을 오르기 위해서는 험난한 해로
海路를 지나야 한다. 해운海運이 발달하지 않았던 과거에 한라산을
오른다는 것은 목숨을 담보로 한 위험을 감수해야 하는 힘든 결정
이었다. 따라서 탐라지역에 부임한 관료나, 그곳으로 귀양 온 자가
아니라면, 한라산 등정은 엄두를 낼 수조차 없었다. 때문인지 전하
는 한라산 유산기는 얼마 되지 않는다.

금강산은 무엇보다 경관이 빼어난 것으로 유명하여, 조선초기
부터 가장 빈번한 유람 대상이었던 명산이다. 중국 사람들도 조선
에 태어나 금강산을 유람하는 것이 소원이었다는 기록이 유산기
곳곳에 보이는데, 금강산의 이러한 절경은 우리 민족의 자존감을

상징하는 것이었다. 금강산에 왔던 중국 사신이 '이곳이야 말로 진정한 불경佛境이니 이곳에서 죽어 조선인이 된다면 길이 불가의 세계를 볼 수 있을 것이다.'는 말을 남기고 못에 뛰어들어 죽었다는 일화나, 금강산의 절경이 중국의 명산인 여산廬山에 비겨 못할 게 없다는 기록들이 이를 방증하는 좋은 예가 된다.

따라서 조선시대 선비들이 그 어떤 산보다 금강산 유람이 잦았던 것은 어쩌면 당연한 귀결이라 할 수 있다. 많은 이들이 유람했던 만큼 유산기록도 많이 전한다. 금강산 유산기는 약 240여 편이 발굴되었는데, 그 중 국문으로 된 작품 30여 편을 제외하더라도 여타 명산의 유산기에 비해 압도할 만한 수치이다.

그런데 이러한 금강산 유산기에 나타난 기록들은 자연의 아름다움에 대한 감탄사로 일관하고 있다. 우리나라 강산 중 어느 계절인들 아름답지 않은 때가 있을까만, 특히 금강산은 그 중에서도 가장 빼어난 자연경관을 자랑한다. 만폭동萬瀑洞이나 비룡폭포飛龍瀑布를 포함한 금강산 일만이천 봉우리의 그 기괴한 장관이 눈앞에 펼쳐진다면, 그 감회는 이 세상의 그 어떤 말로도 표현할 수 없는 감동일 듯하다.

이에 반해 지리산은 우리가 사는 인근에 위치하고 있어, 마음 여하에 따라 쉽게 오를 수 있는 산이다. 한라산이나 금강산이 장기간의 계획과 철저한 준비가 필요했던 경우라면, 지리산은 우리 가까이에 있는 산이다. 점필재佔畢齋 김종직金宗直 1431~1492이 '두류산은 내 고향의 산이다.'고 한 말에서도 알 수 있듯, 지리산은 인근에서

늘 바라보고 우러르던, 손에 잡힐 듯 가까이 있는 산이었다. 따라서 지리산권역의 고을에 부임하여 공무의 여가에 오르기도 하고, 원지에 재직하거나 살고 있더라도 틈을 내서 벗들과 유람하기도 하고, 지리산 자락에 사는 친족을 방문하였다가 오르기도 하고, 지리산 자락에 터를 잡고 살면서 오르기도 하였다.

그러나 이것만으로 오랜 세월 그 많은 사람들이 지리산을 유람한 이유라 하기에는 어딘가 부족한 듯하다. 1,915m의 지리산 천왕봉을 오른다는 것은 건장한 젊은이라도 쉽지 않은데, 책상머리에서 책만 읽던 조선시대 선비들이 오르기란 어지간한 체력과 결심이 아니고서는 힘든 일이다. 그들은 왜 힘들게 지리산 천왕봉을 오르려 했을까? 그들이 지리산 천왕봉에서 보고자 했던 것은 과연 무엇이었을까?

　　나는 일찍이 우리나라 땅의 형세가 동남쪽이 낮고 서북쪽이 높으니, 남쪽지방 산의 정상이 북쪽지역 산의 발꿈치보다 낮을 것이라 생각하였다. 또한 두류산이 아무리 명산이라도 우리나라 산을 통틀어 볼 때 풍악산이 집대성이 되니, 바다를 본 사람에게 다른 강은 대단찮게 보이듯, 이 두류산도 단지 한 주먹 돌덩이로 보였을 뿐이었다. 그런데 이제 천왕봉 꼭대기에 올라 보니, 그 웅장하고 걸출한 것이 우리나라 모든 산의 으뜸이었다.

　　두류산은 살이 많고 뼈대가 적으니, 더욱 높고 크게 보이는 이유이다. 문장에 비유하면 굴원屈原의 글은 애처롭고, 이사李斯의 글은 웅장하고, 가의賈誼의 글은 분명하고, 사마상여司馬相如의 글은 풍부하고,

자운子雲의 글은 현묘한데, 사마천司馬遷의 글이 이를 모두 겸비한 것과 같다. 또한 맹호연孟浩然의 시는 고상하고, 위응물韋應物의 시는 전아하고, 왕마힐王摩詰의 시는 공교롭고, 가도賈島의 시는 청아하고, 피일휴皮日休의 시는 까다롭고, 이상은李商隱의 시는 기이한데, 두자미杜子美의 시가 이를 모두 종합한 것과 같다. 지금 살이 많고 뼈대가 적다는 것으로 두류산을 하찮게 평한다면, 이는 유사복劉師服이 한퇴지韓退之의 문장을 똥덩이라 기롱한 것과 같다. 이렇게 보는 것이, 산을 안다고 할 수 있을 것이다.

지금 두류산은, 백두산에서 시작하여 면면이 4천 리나 뻗어 온 아름답고 웅혼한 기상이 남해에 이르러 엉켜 모이고 우뚝 일어난 산으로, 열두 고을이 주위에 둘러 있고 사방의 둘레가 2천 리나 된다. 안음安陰과 장수長水는 그 어깨를 메고, 산음山陰과 함양咸陽은 그 등을 짊어지고, 진주晉州와 남원南原은 그 배를 맡고, 운봉雲峯과 곡성谷城은 그 허리에 달려있고, 하동河東과 구례求禮는 그 무릎을 베고, 사천泗川과 곤양昆陽은 그 발을 물에 담근 형상이다. 그 뿌리에 서려 있는 영역이 영남과 호남의 반 이상이나 된다. 내 발자취가 미친 모든 곳의 높낮이를 차례 짓는다면 두류산이 우리나라 첫 번째 산임은 의심할 나위가 없다. 인간 세상의 영리榮利를 마다하고 영영 떠나 돌아오지 않으려 한다면, 오직 이 산만이 편히 은거할 만한 곳이리라.

〈유몽인柳夢寅, 「유두류산록遊頭流山錄」〉

위 인용문의 저자인 유몽인柳夢寅 1559~1623은, 그의 말을 빌리자면 성품이 얽매임을 싫어하여 약관弱冠이 되기도 전부터 산수유람을 시작했다. 삼각산·천마산·설악산·금강산은 물론 북쪽지역의 장백산長白山을 넘어 두만강에 이르렀고, 백두산과 묘향산·구월산에 오르는 등 우리나라 온 산하를 두루 유람하였으며, 이에 그치지 않고 중국을 세 번이나 다녀와 요동에서부터 북경까지 그 아름다운 산과 물을 두루 보았다고 하였다. 유몽인은 우리 산하의 모든 경관을 발로 밟고 눈으로 확인함으로써, 자신을 천하를 두루 유람한 사마천에 비유해도 뒤지지 않을 것이라 자부했던 인물이다. 그런 그가 우리나라의 산천 중 지리산이 최고라 하였다. 지리산 천왕봉에서 바라보는 그 걸출하고 웅장한 경관이 으뜸이라 칭송하고 있다.

유몽인은 지리산을 문장에 비유하자면, 굴원과 이사와 가의와 사마상여와 양웅의 장점을 모두 겸비한 사마천의 글에 해당하고, 시에 비유하자면 당나라 때의 유명한 시인 맹호연과 위응물과 왕유와 가도와 이상은의 장점을 모두 겸비한 시성詩聖 두보杜甫의 시에 해당된다고 하였다. 이 얼마나 대단한 자부심인가. 유몽인에게 있어 지리산은, 우리나라는 물론 천하의 그 어떤 명산에도 감히 비견되지 않는 자긍심의 산이었던 것이다. 예나 지금이나 그 많은 사람들이 지리산을 찾는 이유는 바로 이 때문일 것이다. 이것이 바로 지리산 천왕봉이 갖는 정체성이다.

01

지리산의 다른 이름,
두류산과 방장산

지리산智異山은 두류산頭流山이라고도 하고, 방장산方丈山이라고도
한다. '지리산'이란 명칭 또한 가장 일반적으로 불리어지는 지리산
智異山 외에도 '智理山·知異山·地異山·地理山·智利山·地利山'
등의 한자어로 쓰이기도 한다. 현재는 지리산이라 부르지만, 조선
시대 선비들은 지리산보다 '두류산'을, 선가仙家에서는 '방장산'을
더 선호하였다. 어느 것 하나도 허투루 생겨난 것이 없다는 말이
다. 그런데 지금은 지리산 관련 몇몇 지식인이나 산꾼들만 '두류산'
이란 명칭을 기억하는 정도이고, '방장산'은 기억에서 사라진 지
오래다. 그렇다면 지리산은 왜 이처럼 다양한 이름을 가지게 되었
을까?

지리산은 같은 음에 다른 한자음을 붙여 표기한 명칭이 여럿
있다. 이는 '지리산'이란 순수 우리 음에 해당 한자를 빌어 사용하
는, 곧 음차音借한 한자어에 불과하다. 지리산이란 명칭은 뜻訓보다

천왕봉 산그리메(김기훈 작)

는 음에 치중한 순수 토착어임을 알 수 있다. 간혹 '지리산智異山'의 한자어를 중심으로 '지혜롭고 기이하다'라는 뜻으로 풀이하기도 하나, 이는 이미 생겨난 명칭의 한자 뜻을 풀이한 것일 뿐, 특별한 의미가 내포된 것으로 보이지는 않는다. 본래의 명칭이 한자어에서 시작되었다면 그 한자어의 뜻으로 유추해내는 방식이 옳으나, 우리말을 음차한 한자어라면 개연성이 비교적 적기 때문이다. 다만 '지리산'이란 명칭이 언제부터 어떻게 사용되었는지 알 수 없으나, 최치원崔致遠의 『고운집孤雲集』과 김부식金富軾의 『삼국사기三國史記』에 거론되는 것으로 보아, 그 시원은 꽤나 오래된 듯하다. 『고운집』에는 '지리산智異山'으로, 『삼국사기』에는 '지리산地理山'으로 표기되어 있다.

그렇다면 우리말 '지리산'은 어떻게 생겨난 것일까. 여기에도 여러 설들이 있으나 그중 믿을 만한 것으로는 우리말의 '지리하다'에서 나왔다는 주장이다. 지리산의 주능선 종주는 등정과 하산 길을 합쳐 모두 40km 이상의 높고 낮은 길을 오르내리며 걸어야 하는 장거리이다. 평소 기초체력을 착실히 갖추었다 하더라도 족히 2박 3일은 걸릴 일정이다. 그 길을 걷고 또 걸어야 한다. 이 얼마나 지리한가.

그뿐인가. 주능선 종주가 아니라도 지리산 자락의 그 어느 지점에서 시작하든, 천왕봉 꼭대기는 손에 잡힐 듯 어디에서도 눈에 보이는데 걸어도 걸어도 도저히 끝날 것 같지 않은 그 길고 험난한 길을 걸어가 본 사람이라면, 지리산에 첫 발을 내딛는 그 순간부터 그것이 얼마나 지리한 과정인가를 알게 된다. '지리하다'에서 유래한 '지리산' 명칭은 아마도 그 옛날 지리산 자락에서 지리산의 혜택으로 살아가던, 그래서 하루에도 몇 번이나 지리산의 그 지리한 길을 오르내리던 지리산 사람에 의해 만들어졌으리라는 것이 나름 설득력을 지닌다.

'두류산'이란 명칭은 지리산의 전체 산세가 두루뭉실한 데다 사방의 산들이 첩첩이 둘러쳐져 있어, 우리말의 '두루'·'두리'·'둘러'가 한자로 표기되었고, 이것이 다시 천착되어 '두류'가 되었다는 주장이 있다.

그러나 지금의 공식 명칭은 지리산이나, 과거 우리 선조들은 분명 '지리산'보다는 '두류산'을 선호하였다. 100여 편의 지리산 유산기 가운데 「유청학동기遊靑鶴洞記」나 「유쌍계기遊雙溪記」 등 지리산의 특정 지역을 유람한 기록을 제외한 70여 편 가운데 50여 편이 넘는 압도적 수치의 작품이 '두류산'이란 제목으로 실려 있다. 이는 지리산에 대한 조선시대 지식인들의 정신세계를 이해하는 중요한 키워드이므로, 이에 대해서는 좀 더 자세히 살펴볼 필요가 있겠다.

① 지리산은 우리나라 남쪽 극단에 위치하고 있는데, 지극히 높고 크다. 백두산의 신령스럽고 맑은 기운이 흘러 이곳에 쌓였기 때문에 또한 두류산이라고도 한다.

〈『증보문헌비고增補文獻備考』 권19 「여지고輿地考 8」〉

② 산세가 높고 크며, 수 백리에 웅거하고 있다. 여진 백두산의 산맥이 흘러내려 이곳에 이르렀기 때문에 두류산이라 이름한 것이다. 혹자는 말하기를 "그 산맥이 바다에 이르러 곤궁해져서 멈추어 이곳에 머물렀기 때문에 '류流' 자를 '류留' 자로 쓰는 것이 옳다."라고도 한다.

〈『신증동국여지승람新增東國輿地勝覽』 권39 남원도호부南原都護府, 산천山川, 지리산智異山〉

③ 내가 일찍이 들건대, 남쪽지방 산 중에 우뚝하게 높고 큰 것이 헤아릴 수 없지만 유독 지리산을 으뜸으로 삼는다고 한다. 대개 우리나라의 산은 백두산을 제일로 여기는데, 백두산이 흘러내려 지리산이 되었다. 그래서 그 이름을 두류산이라고 하니, 이 산이 우리나라

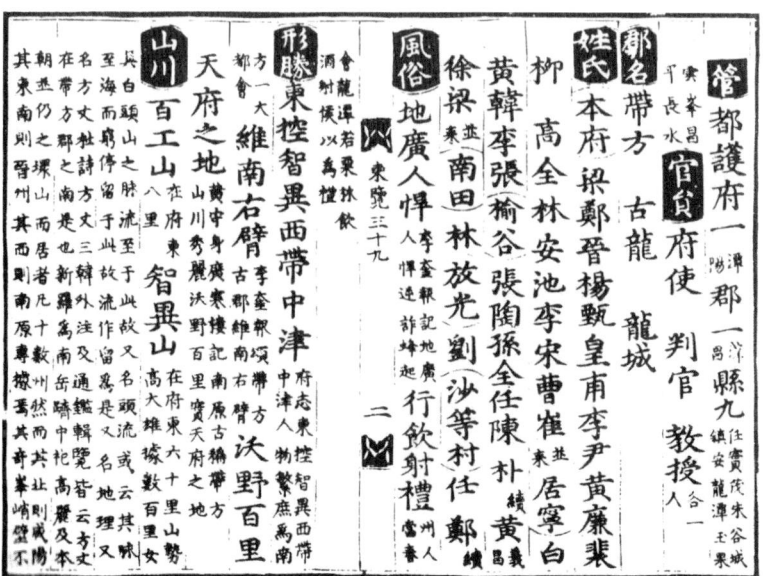

동국여지승람 남원도호부 지리산

의 명산이 되는 것은 확실하다. 산의 주위에는 호남과 영남의 아홉
개 군이 빙 둘러 있다.　　　　〈박장원朴長遠, 「유두류산기遊頭流山記」〉

　　지리산을 '두류산'이라 부르게 된 경위를 설명한 글들은 이 외에
도 여럿 전한다. 두류산이란 명칭은 '우리 민족의 영산靈山인 백두
산白頭山의 지맥이 뻗어내려 국토의 남단에 우뚝하니 서린 산'이란
의미에서 불려졌다. 위 인용문에서도 보듯 이러한 인식은 조선시
대 국정기록이나 개인기록에서 일관되게 나타난다.

　　『삼국유사三國遺事』에 의하면 백두산은 단군신화의 탄생지로, 우
리 민족에게는 건국신화의 모태가 되는 곳이다. 따라서 백두산은
우리 민족의 발상지이자 개국의 터전으로 숭배해 왔으며, 또한 천

상天上의 산으로 여겨 신성시하였다. 두류산은 바로 이 천상의 산에서 발원하여 국토 남단으로 수 천리에 걸쳐 흘러 와 만들어진 산, 곧 백두에서 흘러내린 산이라는 뜻이다. 따라서 두류산은 이 지상에 있는 산 중 최고의 산으로 인식하였다. 백두산이 조종祖宗인 하늘의 제왕 같은 산이라면, 두류산은 제왕의 자손으로 이 세상을 다스리는 천손天孫 같은 산이다.

조선중기 때 송광연宋光淵 1638~1695은 지리산을 유람하고서 천왕봉 꼭대기에 앉아 아래를 내려다보며 "백두산 남쪽지역은 이 산의 조종자손祖宗子孫 아닌 것이 없다. 모든 우리 동국의 명산名山·대천大川 가운데 어느 산인들 이 산의 지엽枝葉이 아닌 것이 없으며, 모든 팔로八路의 주부州府나 군현郡縣 가운데 어느 곳인들 이 산의 진망鎭望 아닌 곳이 없다.……이 산은 우리나라 제일의 산일뿐만이 아니다. 비록 이 세상의 그 어떤 큰 산이라 할지라도 이 산과 대등할 만한 산은 없을 것이다. 공자孔子께서 이 산에 오르셨다면 천하도 크다고 여기기에 부족했을 것이다."라고 하였다. 이는 조선시대 선비들의 지리산에 대한 공감된 인식이었으며, 때문에 민족의 웅혼한 기상을 확인하기 위해 그 힘든 여정을 올랐던 것이리라.

방장산方丈山은 신선이 사는 산이라는 뜻에서 붙여진 이름으로, 주로 중국 전설에 나오는 삼신산三神山 일화와 함께 전해진다. 그 명칭에 있어 확인 가능한 기록으로는 사마천司馬遷의 『사기史記』「진시황본기秦始皇本紀」와 「효무본기孝武本紀」에 보이니, 방장산이란 명칭 또한 꽤나 오래 전부터 사용되어 왔음을 알 수 있다. 주로 선가

두보의 시

仙家의 기록에 보인다. 방장산은 선가의 천신天神인 태을太乙이 사는 곳으로, 신선세계를 꿈꾸는 이들의 이상이 깃든 이름이다. 지리산이 이러한 방장산으로 일컬어진 것에서 지리산과 도가사상道家思想과의 관련성을 언급하기도 하는데, 지리산 청학동靑鶴洞이 그 대표적이다.

지리산과 관련한 방장산 기록은 두류산과 마찬가지로 일관성을 띠는데, 그 키워드는 '신선神仙·태을太乙·두보杜甫·대방국帶方郡' 등으로 나타난다. 세속에서는 오래 전부터 '삼신산의 하나인 방장산에 신선인 태을이 살고 있다.'고 전해졌고, 당나라 때 시인 두보는 "방장산은 바다 건너 삼한에 있네"[方丈三韓外]라고 시로 읊었는데, 그 시의 주석註釋에 "방장산은 조선 대방국帶方國의 남쪽에 있다."라고 되어 있다. 여기서의 '대방국'은 바로 현 전라남도 남원의 옛 명칭이니, 남원 인근의 산이라면 바로 지리산이라 여겼던 것이다.

이외에도 지리산은 '불복산不伏山'과 '방호산方壺山'으로 일컬어지기도 하였다. 불복산은 이성계의 조선 개국에 복종하지 않았다는 뜻의 유래를 지녔다고 전해지나, 실제 이 명칭으로 쓰인 기록은 전하지 않는다. '방호산'은 방장산의 또 다른 명칭임을 이내 알 수 있다. 이상세계를 꿈꾸는 선가에서는 자신들의 이상향으로 인식한 공간을 '호리병[壺]' 내지 '술 항아리' 형태로 파악하였다. 이중환李重煥의 『택리지擇里志』에 의하면 '동구洞口가 닫힌 듯 좁고, 안으로 들이 넓게 펼쳐진 목 좁은 항아리 같은 분지형 지세'가 바로 선가에서의 동천복지洞天福地 세계인데, 방호산은 이를 대변하는 명칭이라 할 수 있다. 이 또한 즐겨 선호하지는 않았다.

이처럼 지리산은 여러 명칭으로 일컬어졌음에도 현재는 '지리산智異山'으로 통칭되고 있다. 선가에서 주로 사용했던 방장산은 유교 국가였던 조선을 거치면서 널리 통용되지 못하였다. 그러나 두류산은 조선시대 지식계층인 선비들의 국토산하에 대한 자긍심과 예찬 그리고 그들의 민족적 정감을 내포한 명칭임에도, 현재는 통용되지 못하고 있다. 이는 유교지식인이었던 조선시대 선비들의 자의식自意識이 내재된 의미 있는 명칭이라 하더라도, 결국 민간계층에서 '두류산'보다는 '지리산'을 더 선호했다는 방증이기도 하다. 소수 지배계층의 선호보다는 다수 민중의 힘에 의해 '지리산'은 그 명칭으로서의 명맥을 지금도 면면히 이어오고 있는 것이다.

선비의 산,
지리산을 찾은 사람들

　지리산을 오고 간 사람들도 앞뒤로 계속 이어졌다. 신라의 문창후 文昌侯 최치원崔致遠, 조선의 점필재佔畢齋 김종직金宗直, 탁영濯纓 김일손 金馹孫, 일두一蠹 정여창鄭汝昌이 있다. 또 지리산에 들어와 거문고를 연구한 신라의 옥보고玉寶高, 고려시대 녹사錄事를 지낸 한유한韓惟漢, 조선의 매계梅溪 조위曺偉, 뇌계瀨溪 유호인兪好仁, 추강秋江 남효온南孝溫, 고봉高峯 기대승奇大升, 구암龜巖 이정李楨, 황강黃江 이희안李希顔, 죽각竹 閣 이광우李光宇, 미수眉叟 허목許穆, 부사浮查 성여신成汝信, 창주滄洲 하징 河橙, 겸재謙齋 하홍도河弘道, 조은釣隱 한몽삼韓夢參, 밀암密庵 이재李栽, 명암明庵 정식鄭栻, 창설蒼雪 권두경權斗經 등은 모두 지리산과 관련된 시와 기문記文을 후대에 남긴 사람들이다. 그러나 그 안팎의 빼어난 형세를 샅샅이 살펴 본 것으로는 남명南冥 조식曺植이 그 오묘함을 얻은 것 만함이 없다.　　　　　　　　〈하겸진河謙鎭, 「유두류록遊頭流錄」〉

20세기 영남유림의 대표 학자인 회봉晦峯 하겸진河謙鎭 1870~1946의 기록이다. 경상남도 하동河東 수곡水谷에 살았던 그는 1935년 8월 16일부터 24일까지 수곡을 출발하여 악양岳陽 → 삽암鈒巖 → 삼신동三神洞 → 칠불암七佛菴 → 쌍계사雙溪寺 등지로 유람하였다. 하겸진은 지리산의 명승지로 유명한 사찰과 암자를 열거하고, 그 가운데에서도 가장 기이한 계곡은 불일암佛日庵에서 집대성된다고 평가한 후, 역대로 지리산과 관련한 선현들을 나열하였다. 이들 가운데 최치원·옥보고·한유한·정여창·한몽삼은 지리산을 터전으로 삼아 은거했던 인물이고, 나머지는 대체로 지리산을 유람하고서 관련 글을 남긴 인물이다.

　김종직·남효온·허목·성여신·정식은 지리산 유산기를 남겼다. 조위와 유호인은 김종직의 문인으로 그와 함께 지리산을 유람하였는데, 유호인은 「유두류遊頭流」라는 장편시를 남기기도 하였다. 정여창은 김일손과 함께 유람했을 뿐만 아니라 연산군의 폭정을 피해 지리산에 은거했다가 끝내 죽임을 당한 인물이다. 이정과 이희안은 조식과 함께 지리산 유람에 올랐던 인물로, 진주 인근 사천泗川과 합천陜川에 살았던 당대 대표적 지식인이었다. 기대승은 유산기가 전하지는 않지만 천왕봉에 올라 지은 시와 함께 다수의 작품이 문집에 전한다. 그 외 이광우·하징·하홍도 등은 모두 진주 인근에 살았던 경상우도의 남명학파 인물로, 지리산을 비롯한 인근 경관을 유람하고 지은 유산시가 다수 확인된다. 그러나 지리산을 오른 인물이 어찌 이들 뿐이랴.

　'인걸人傑은 지령地靈'이라는 말이 있다. 빼어난 인물은 땅의 신령스런 정기를 받고 태어난다는 말이다. 역사 속 수많은 인물들의 출생설화가 큰 산의 정기와 관련된 것에서도 이를 알 수 있다. 큰 산과 큰 인물은 예전부터 자연스레 그 이미지가 연결되어 상징성을 가지고 있다. 예컨대 『시경詩經』 소아小雅 「거할車舝」에 "높은 산을 우러르며, 큰 길을 걸어가네."라는 시구의 '높은 산'은 태산泰山을

인걸지령

가리킨다. 그리고 이때의 산은 단순히 돌과 흙으로 뒤덮인 산이 아니라, 높은 덕을 지닌 우뚝한 인물에 비유된다. 그래서 사람들은 그 '높은 산'을 우러르며 자연스레 큰 인물을 떠올리는 것이다.

조선의 선비는 지식을 갖춘 지식인에다 하늘이 부여해준 본성을 늘 돌아보며 사는 사람이었다. 법과 질서를 준수하고, 게다가 자신의 고유한 향기와 지조를 갖춘 사람이다. 조선의 참다운 선비는 지식문명이 이룩한 가장 바람직한 인간형이다. 따라서 이들에 의해 도출된 지리산에 대한 인식을 살피는 것은 지리산의 정체성 확립을 위한 또 다른 모색이 될 수 있을 것이다. 지리산은 바로 선비의 산이었다.

예로부터 지리산은 늘 당대 지식인들의 관심 대상이었고, 지리

산 자락에는 수많은 지식인들이 지리산을 우러르며 깃들어 살았다. 현재까지 발굴된 100여 편의 유산기와 수천 편의 지리산 유산시를 살펴보면, 조선시대에 수백 명의 선비들이 지리산을 찾았음을 알 수 있다. 그들은 유람 후 유산기를 남기거나, 유람 도중 해당 명소에서 시로 감회를 표출함으로써, 지리산에 대한 자신의 인식을 피력하였다.

지리산에서 선비의식을 찾다

지리산에 올랐다가 남긴 최초의 유람기록은 청파靑坡 이륙李陸 1438~1498의 「유지리산록遊智異山錄」이다. 그는 25세인 1462년부터 3년 간 지리산 단속사斷俗寺에서 독서를 하였는데, 그 이듬해인 1463년 단속사에서 중산리中山里로 길을 잡아 법계사法界寺를 거쳐 천왕봉에 올랐고, 이어 영신사靈神寺·신흥사神興寺·쌍계사·오대사五臺寺를 거쳐 단속사로 돌아오는 코스로 지리산을 유람하였다. 이륙보다 먼저 혹은 동시대에 지리산에 올랐던 사람들이 없지는 않았다. 지리산 한시를 통해 정몽주鄭夢周·이숭인李崇仁·서거정徐居正·양성지梁誠之·김시습金時習 등 조선초기의 여러 인물들이 지리산을 올랐던 것으로 보인다. 그러나 그들은 산재散在한 지리산의 각 명승에서 감회를 술회하였을 뿐, 지리산에 대한 인문학적 서술을 하지는 않았다.

이륙의 「유지리산록」 이후 김종직·남효온·김일손 등이 차례로 지리산에 올라 유산기를 남겼다. 이 가운데 이후의 지리산 유람에 절대적 영향을 끼친 인물은 단연 김종직이다. 그는 1472년 함양군수로 재직하던 여가에 인근에 살던 그의 문인 유호인兪好仁·조위曺偉 등과 지리산을 올랐다. 김종직은 조선전기 영남사림嶺南士林의 대표적 인물로, 그의 유람은 이후 조선 선비들에게 지리산 유람의 모범이 되었다. 특히 김일손은 진주학관晉州學官으로 재임시 동문인 정여창鄭汝昌과 함께 지리산을 유람하였는데, 스승의 유람을 계승했다는 의미로 자신의 유람록을 「속두류록續頭流錄」이라 이름하였다.

단속사 터
현 경상남도 산청군 단성면 운리에 있었던 삼국시대 사찰로, 폐사 시기는 정확하지 않다. 현재 동·서삼층석탑 두 기만 원형대로 남아 전한다

이렇듯 조선초기 지리산 유산기는 영남의 초기사림初期士林에게서 나타나며, 그들의 유산기에는 사림으로서의 자의식自意識이 강하게 드러나 있다. 예컨대 김종직이 유람 이틀째 되는 날 쑥밭재를 지나 영랑재永郞岾에 올랐을 때의 일이다. 그곳 지역민들은 해송海松[잣]이 많아 매년 가을이 되면 잣을 따서 공물의 수량을 채워야 하는데, 이 해는 한 나무에도 잣이 달리지 않았다. 김종직은 "만약 정해진 수량을 다 거두면 우리 백성들은 어찌하겠는가. 수령이 마침 이 실상을 보았으니, 참으로 다행한 일이다."라고 하여, 백성들의 생활고를 안타까워하였다. 이렇듯 유람 도중 막중한 부역이나 세금으로 인한 민생고를 접하고서 느끼는 안타까움이나, 지리산 곳곳에 산재한 불교나 무속 관련 유적을 접하면서 이단異端에 대한 비판적 시각을 강하게 표출하는 등에서, 현실에 바탕한 초기사림의 성리학적 세계관을 엿볼 수 있다.

물론 김종직에게서도 지리산에 대한 강한 자부심을 엿볼 수 있다.

아, 두류산은 숭고하고도 빼어나다. 중국에 있었다면 반드시 숭산嵩山이나 대산岱山보다 먼저 천자天子가 올라가 봉선封禪을 하고, 옥첩玉牒의 글을 봉하여 상제上帝에게 올렸을 것이다. 그렇지 않다면 무이산武夷山이나 형악衡岳에 비유해야 할 것이다.

〈김종직金宗直, 「유두류록遊頭流錄」〉

김종직은 지리산이 중국에서 천자가 하늘에 제사지내는 숭산이나 태산보다도, 그리고 주자朱子의 산이라 일컬어지는 무이산이나, 한유韓愈가 등정한 것으로 유명한 형산衡山보다도 빼어나고 훌륭한 산이라 칭송하고 있다. 그는 뒤이어 이런 명산에는 한유나 주자 같은 대학자들이 깃들어 살아야 하는데, 지금은 도망친 종이나 신분을 숨긴 자들의 소굴이 되었다고 안타까워하였다.

이 외에도 김종직의 「유두류록」에서는 뜻밖의 귀한 자료를 접할 수 있다. 선인들의 산행은 그 기간이 짧게는 이틀에서 많게는

무이산(중국 복건성)
무이산은 주자가 무이정사를 지어 은거하며 학문을 집대성한 곳으로, 주자의 산이라 일컬어진다. 특히 55세 때인 1184년 2월 무이구곡武夷九曲을 유람하고 지은 「무이도가武夷櫂歌」로 인해 더욱 유명하게 되었다

두세 달의 일정으로 나타나고, 동행 또한 두세 명에서부터 4백 명까지 보인다. 그 기나긴 여정에 많은 인원들이 함께 하려면 산행도구를 비롯해 의식주 해결에 필요한 여러 가지를 꼼꼼히 챙겨야만 낭패를 당하지 않을 것이다.

그런데 다른 어떤 기록에도 여행가이드에 해당하는 유람 지침서가 보이지 않는데, 김종직의 유산기에서 그 단서를 찾을 수 있다. 그는 출발하기에 앞서 유호인과 조위를 불러 『수친서壽親書』에 실린 등산에 필요한 도구를 살펴보면서 준비물을 챙기게 하였다는 기록이 보인다. 치재恥齋 홍인우洪仁祐의 『관동록關東錄』에도 "산행의 도구를 갖추되 『양로서養老書』에 기록된 내용을 더하거나 빼기도 하였다."는 기록이 보인다.

『수친서』는 송나라 때 진직陳直이 지은 『수친양로서壽親養老書』를 일컫는 것으로, 노인 봉양에 필요한 구체적인 일들을 기록해 놓은 책이다. 김종직과 홍인우가 거론한 두 책은 결국 동일한 책으로 여겨진다. 이 책에는 사계절에 따른 섭생 및 음용할 수 있는 각종 약재 등 상황에 따라 대처할 수 있도록 상세히 기록되어 있다. 결국 지금처럼 산행에 필요한 구체적인 물품을 제시한 것이 아니라, 위급한 일을 당했을 때 그 위기를 넘길 수 있는 비상약과 그에 필요한 도구들을 챙긴 것으로 보여진다.

김종직의 문인 남효온과 김일손은 스승보다 한층 강화된 성리학적 세계관을 보여준다. 김종직은 천왕봉에 올랐을 때 운무가 자욱하여 날씨가 좋지 않자 성모묘聖母廟에 들어가 성모聖母에게 날씨

수친양로서

가 개이기를 빌었다. 스승보다 17년 뒤인 1489년 4월 정여창과 함께 했던 유람에서 김일손 역시 성모에게 좋은 날씨를 기원하는 고유제告由祭를 올리려 했으나, 결국 실행하지는 않았다. 이 뿐만 아니라 향적사香積寺에 이르렀을 때 그 곳의 승려가 사찰 증축을 위해 6년 동안 수백 개의 큰 목재를 구해다 쌓아놓은 것을 보고서 "우리 유자儒者들의 학궁學宮에 대한 정성은 아직 멀었구나. 석가의 가르침이 서역으로부터 비롯되었으나, 어리석은 사람들이 그를 떠받들어 문선왕文宣王 공자를 능가하게 되었다. 백성들이 사교邪敎에 탐닉하는 것이 우리들이 정도正道를 독실히 믿는 것과 다르구나."라고 한 기록에서도 이를 확인할 수 있다.

지리산에서 물을 보고
산을 보고 사람을 보고 세상을 보다

　산수를 바라보는 시각은 여러 가지일 수 있다. 산꾼들에게 왜 산을 오르냐고 물어보면, 아름다운 풍광 때문이라고도 하고, 웅장한 대자연을 접하고서 자신의 답답하고 울적한 심회를 털어버리기 위함이라고도 하고, 때로는 산을 오르는 힘들고 고통스러운 과정을 즐기기 위해서라고도 한다. 저마다 산을 오르는 이유가 남다르듯, 옛 선현들도 마찬가지였다.

　김일손의 유람 이후 50여 년 동안 지리산 유산기가 발견되지 않다가 16세기 중반에 이르러 남명南冥 조식曺植 1501~1572의 작품 1편이 보인다. 이처럼 작품 수가 적었던 것은 사화기士禍期를 거치면서 선비들이 지방으로 물러나 살았지만 유람을 할 만큼 심리적 여유가 없었고, 유람을 했다 하더라도 이를 기록으로 남길 만큼 시대의식을 지닌 이가 드물었기 때문으로 보인다.

　16세기는 조광조趙光祖 등이 도학의 기치를 내걸고 개혁정치를 실현하려 했으나, 기묘사화己卯士禍를 기점으로 사림士林이 크게 화를 당한 시기이다. 이런 정치적 소용돌이 속에서 당시의 사림은 그들의 근거지에 은거하여 자신을 도덕적으로 다듬는 심성수양에 치중하였다.

　조식의 「유두류록」은 지리산 유산기 중 단연 백미白眉라 할 만하다. 그는 일생 출사하지 않고 학문에 전념한 전형적인 처사處士로

물을 보고 산을 보고 사람을 보고 세상을 보다[看水看山看人看世]
윤효석 작

이름나 있다. 그는 경상도 삼가三嘉에 은거하던 1558년 진주목사 김홍金泓을 비롯하여 황강黃江 이희안李希顔, 구암龜巖 이정李楨 등 당대 진주 인근의 명사名士들과 쌍계동雙溪洞·삼신동三神洞 일대를 유람하였다. 유람을 통해 단순히 아름다운 풍광이나 수려한 경관을 보고 가슴속의 답답함을 풀어내기보다는, 명산 속의 유적을 통해 사대부 지식인으로서의 사의식士意識을 고취하려 하였다.

그의 작품에는 세 사람의 선현이 등장하는데, 바로 한유한韓惟漢과 정여창鄭汝昌 그리고 조지서趙之瑞 1454~1504이다. 한유한은 고려 말 사람으로 고려 왕실이 어지러워질 것을 예견하고 이 산 속으로 숨어들어 하동 삽암鍤巖에 살다가, 조정에서 대비원녹사大悲院錄事로 부르자 자취를 감추었던 인물이다. 정여창은 연산군의 폭정을 피해 처자식을 이끌고 역시 하동에 은거했다가 뒤에 출사하여 결국 죽임을 당하였다. 조지서 또한 연산군이 선왕의 업적을 제대로 계승하지 못할 것을 알고는 10여 년 동안 물러나 살았지만 결국 화를 당해 죽었다. 조식은 누구보다 출처出處를 강조했던 인물로, 유람 도중 만나는 유적에서 그곳의 자연경관에 심취하기보다 그 속에서 살다간 이들 세 사람을 떠올렸다.

> 높은 산 큰 내를 보고 오면서 얻은 바가 없는 것은 아니었다. 그러나 한유한·정여창·조지서 세 군자를 높은 산과 큰 내에 비교한다면, 십 층이나 되는 높은 봉우리 끝에 옥을 하나 더 올려놓고, 천 이랑이나 되는 넓은 수면에 달이 하나 비치는 격이다. 3백 리 길 바다와 산을 유람하였지만, 오늘 하루 동안에 세 군자의 자취를 다 보았다. 물만 보고 산만 보다가 그 속에 살던 사람을 보고 그 세상을 보니, 산 속에서 10일 동안 품었던 좋은 생각들이 하루 사이에 언짢은 생각으로 바뀌어버렸다. 훗날 정권을 잡는 사람이 이 길로 와 본다면 어떤 마음이 들지 모르겠다. 〈조식曺植, 「유두류록遊頭流錄」〉

조식은 지리산 유람을 통해 아름다운 산수를 보는 것에서 그치지 않고 그 속에 살았던 사람을 보고, 그들의 삶을 들여다봄으로써 그 시대를 이해하고, 나아가 지금의 시대를 통찰하려 했다. 때문에 답답한 마음을 풀어내는 데서 그치지 않고, 하나의 유적도 예사로이 보지 않고 그 속에서 살다간 사람과 그 시대를 함께 인식하였다. 선현들의 시대적 선택과 의기義氣있는 행위를 통해 지금 시대가 추구해야 할 목표와 행해야 할 행의行誼를 생각하였던 것이다. 그래서 그는 집정자가 이 길로 들어와서 그 속에서 살다간 이들의 시대와 삶을 이해해야 한다고 생각한 것이다.

지리산에서 삶을 묻다

조식의 유람록 이후 16세기 후반인 선조연간에서 인조반정이 일어나는 광해연간까지 지리산에 올랐던 이는 대체로 영·호남의 재야 지식인들이었다. 선조의 치세治世와 함께 재야에 칩거해 있던 사림이 정치세력으로 부상하나, 곧이어 사림 내의 동서東西 혹은 남북南北으로의 분당分黨 상황이 또다시 지식인들을 재야에 묶어 두었다. 정치권력에서 소외된 영·호남의 지식인들이 출사보다는 은거를 선택하면서 불편한 마음을 달래기 위해 지리산을 유람하는 경우가 많았다.

변사정邊士貞·양대박梁大樸·조위한趙緯韓은 남원에 은거하는 도중 지리산을 올랐고, 유몽인柳夢寅은 남원부사南原府使로 재직하던 중에, 그리고 양경우梁慶遇는 장성수령長城守令으로 있던 중에 지리산을 유람하였다. 영남지역의 지식인 가운데에는 박여량朴汝樑이 벼슬을 사직하고 고향인 경상도 함양에 은거한 후 지리산을 올랐고, 박민朴敏과 성여신成汝信은 모두 진주지역의 사족士族으로 출사하지 않고 고향에 은거해 있으면서 지리산을 찾았다. 이들은 모두 당시 집권

세력인 북인北人의 영수領袖이자 남명의 고제高弟인 정인홍鄭仁弘의 문인이거나 동문이었는데, 이상과 현실이 괴리되는 갈등을 해소하기 위해 지리산을 찾았다. 때문에 그들이 선택한 유람 경로 또한 이상향을 찾는 쌍계사·불일암 등 주로 청학동이나 삼신동 쪽을 선택한 경우가 대부분이었다.

1623년 인조반정으로 광해군대의 정치세력이던 북인 정권이 무너지고 노론 중심의 서인이 정국을 주도하게 되는데, 그 때문인지 17세기 후반에는 정치권에서 물러났던 북인 계열의 인물들은 지리산을 찾지 않은 것으로 보인다. 삶의 고뇌와 불안한 처지로 인해 산수를 찾을 엄두를 내지 못했을 듯하다. 남인南人으로서는 정구鄭逑와 장현광張顯光의 문인이었던 허목許穆에게서 두 번의 유람을 확인할 수 있는 정도이다. 그중 하나는 함양 군자사君子寺를 거쳐 용유담龍游潭을 지나 천왕봉에 오르는 일정이고, 다른 하나는 삼신동과 쌍계사 방면의 청학동을 유람한 코스다.

박장원朴長遠과 송광연宋光淵은 각각 안음현감安陰縣監과 순창군수淳昌郡守로 재임하던 중 천왕봉에 올랐고, 오두인吳斗寅은 재상災傷을 살피기 위해 경상우도 지역을 살피는 공무 여가에 진주목사와 함께 쌍계사·불일암·신흥사 방면으로 유람하였다. 신독재愼獨齋 김집金集의 문인 김지백金之白은 일생 남원에 은거하여 살았는데 그 역시 쌍계사 방면으로 유람하였다. 18세기 작자 가운데에는 김창흡金昌翕과 김도수金道洙·조구명趙龜命 등이 주로 청학동 방면으로 유람하였다.

쌍계동

　대북 정권의 몰락과 함께 경상우도 지역의 지식인들이 쇠퇴하
는데, 특히 남명학南冥學 계열의 지식인은 이후 200여 년 동안 노론
老論이나 근기남인近畿南人에 편입되는 등 자신들의 정체성을 찾지
못하였다. 그들은 여전히 경상우도 지역에 살면서도 그 이전 조식
이 「유두류록」에서 보여주었던 사士로서의 시대의식을 전연 드러
내지 못하였다.

　18세기에 들어 와 지리산 인근에 은거하던 몇몇 인물에게서 지
리산 유람이 나타난다. 그러나 이는 당시 정치권력에서 밀려난 지
식인으로서의 불만을 해소하거나 유람 도중 인근의 벗이나 동지를
찾기 위한 목적이 강했다. 신명구申命耉는 본래 경상북도 인동仁同

산천재 남명 조식이 61세인 1561년부터 세상을 떠날 때까지 우거하였으며, 남명학이 완성된 곳이다

약목리若木里 출신인데, 남명의 유풍을 흠모하여 10여 년간 산청山淸 덕산德山에 거주하였다. 이 시기에 그는 천왕봉이나 쌍계사 방면은 물론 남해 금산錦山 등 인근의 명산을 두루 유람하였다. 진주 출신 명암明庵 정식鄭栻은 만년에 지리산에 들어가 무이정사武夷精舍를 짓고 은거하였으며, 함안에 살았던 황도익黃道翼, 단성 출신 박래오朴來吾와 유문룡柳汶龍 등에게서 지리산 유람이 나타난다. 그 외에 정권에서 실각한 퇴계학파 계열의 영남 지식인에게서도 지리산 유람이 나타나는데, 경북 성주의 이주대李柱大와 칠곡 출신의 이동항李東沆 등이 대표적이다.

이들은 모두 정치권에서 밀려난 인물로, 그들의 유람은 대체로 이상향을 찾는 청학동 방면으로 나타난다. 조선시대 유학자들이 생각하는 청학동 선계仙界는 현실의 갈등을 해소할 수 있는 곳이었다. 선계는 현실과 괴리된 이들이 귀의할 세계로 현실적 공간이라기보다 관념적 세계였으며, 결국은 버리고 돌아설 공간이었다. 현실을 버리지 못하는 조선시대 유학자들이 강구해 낸 나름의 자기구제自己求濟의 방식이자 공간이었다고 할 수 있다. 따라서 이 시기 지리산을 찾은 선비들은 지리산에서 자신이 잃어버린 삶의 길을 묻고 찾아서 위로받으려 했던 것이다.

특히 이 시기 영남지역의 지식인은 유람 코스에 대부분 남명의 유적지를 포함시키고 있는데, 남명이 만년에 우거했던 산천재山天齋를 포함하여 덕천서원德川書院·세심정洗心亭에서 유숙留宿하는 모습을 보인다. 이 또한 정치권에서 실각하여 그 세력은 쇠퇴하였지만, 경상우도 지식인에게 있어 조식은 여전히 그들의 구심점 역할을 하였음을 방증한다.

지리산에서 남명 조식을 찾다

인조반정 이후 미미했던 강우지역의 학문이 19세기 중반에 이르러 갑자기 크게 일어나, 각 지역에서 수많은 학자들이 배출되었다. 제일 먼저 학풍을 흥기시킨 이로는 근기남인의 학맥인 성호星湖 이익李瀷과 순암順庵 안정복安鼎福의 학문을 계승한 성재性齋 허전許傳

인데, 그는 1864년 김해부사로 부임한 3년 동안 학당을 세워 강학하는 등 강우지역 학문을 크게 일으켰다. 박치복朴致馥을 비롯하여 김인섭金麟燮·김진호金鎭祜·강병주姜柄周 등 성재의 문인은 절반 이상이 강우지역 학자들이었다. 다음으로 당시까지 정권을 유지하던 노론 계열인 노사蘆沙 기정진奇正鎭의 학파인데 조성가趙性家·정재규鄭載圭·최숙민崔琡民 등이 있으며, 마지막으로 성주지역을 중심으로 퇴계학맥을 이어오던 한주寒洲 이진상李震相의 학파를 들 수 있다. 이처럼 19세기 중반 강우지역에는 기라성 같은 대학자들이 쏟아져 나왔고, 그들에 의해 질적·양적으로 어느 시기 못지않은 활발한 학술 활동을 전개하였다.

19세기는 지리산 유람에도 이러한 분위기를 그대로 반영하고 있다. 총 30편의 유산기 가운데 함양군수로 재직 시 유람한 김문학金文學과 송시열宋時烈의 9대손 송병선宋秉璿, 전남 구례의 황현黃玹, 남원의 김성렬金成烈·정석구鄭錫龜 등을 제외하고는, 모두 강우지역 지식인에 의해 산출되었다. 경상도 산청의 배찬裵瓚·유문룡柳汶龍·김영조金永祚·민재남閔在南, 함양의 안치권安致權·노광무盧光懋, 진주 단목의 하익범河益範, 하동 옥종의 하달홍河達弘, 함안의 박치복·조성렴趙性濂, 합천의 허유許愈·정재규, 사천 곤명에 살다가 하동 옥종으로 이주하여 세거했던 강병주에 이르기까지 지리산 유람의 주도층은 강우지역 재야지식인들이었다.

19세기 강우지역의 정세를 살펴보면, 국내적으로는 오랜 세도 정치로 인해 지방의 사림에게 당색과 학파의 구분이 이전처럼 뚜

렷한 의미를 갖지 못하였고, 국외적으로는 외세의 압박으로 나라의 기강이 무너지고 사기±氣가 저하된 상태였다. 이처럼 위기감이 고조되는 때에 각자의 향리에서 나름의 학문적 역량을 키우던 이들은 당색과 학파를 초월하여 활발하게 학술 토론을 함으로써 학풍을 크게 진작시켰다.

그리고 그 정점에는 남명의 학문과 사상이 자리하고 있었다. 이들은 강우라는 지역과 남명이라는 정신적 지주를 중심으로 난세를 극복하려는 동질감을 형성하였다. 남명이 생전에 찾았던 지리산의 여러 유적지를 탐방하며 그 정신을 되새기는가 하면, 특히 이 시기에 남명의 산천재山天齋 등 인근의 남명 유적지에 대한 감회를 읊은 작품들이 대거 나타나는 것도 같은 맥락일 것이다. 예컨대 송정松亭 하수일河受一 1553~1612의 「덕산장항동반석기德山獐項洞盤石記」,

덕산과 천왕봉

묵헌默軒 이만운李萬運 1736~1820의 「덕산동유기德山洞遊記」, 월촌月村 하달홍河達弘 1809~1877의 「유덕산기遊德山記」, 율계栗溪 정기鄭琦 1879~1950의 「덕산기德山記」 등이 이에 해당된다. 이들의 유람은 덕산 일대의 남명 유적지를 순방하고 남명을 만나는 것이 목적이었다.

남명 조식의 유적지라 하면 현 경상남도 산청군 시천면 덕산 일대를 가리킨다. 그곳에는 남명이 만년에 우거했던 산천재 외에도 사후 문인들이 건립한 덕천서원과 묘소 등이 남아 있다. 또한 덕산 길목의 초입에 있는 입덕문入德門·도구대陶丘臺·탁영대濯纓臺·백운동白雲洞 계곡·세심정洗心亭·취성정醉醒亭·송객정送客亭·면상촌面傷村, 그리고 단속사斷俗寺와 지곡사智谷寺 등도 모두 남명의 유적에 포함시킬 수 있다. 이러한 유적들을 따라가다 보면, 덕산 일대는 이 자체만으로도 남명 관련 유람 코스가 형성된다. 결국 덕산 일대는 남명이 우거한 1561년 이후 그저 지리산 자락의 한 골짝에 불과했던 것이 남명이라는 명인名人을 만나 명승으로 변모했던 것이다.

19세기 영·호남 재야지식인들이 유람 도중 남명의 유적지에서 그를 회상하고 흠모하는 마음을 표출한 것은 대부분의 유산기에서 보인다. 송병선의 경우 남명의 묘소에 올라 그의 선대인 송시열宋時烈이 지은 남명의 신도비神道碑를 떠올리며 절하는 모습을 볼 수 있고, 안치권이 "영·호남 사이에 있는 거대한 산을 일컫는 이름은 넷인데, 지리산·두류산·방장산·덕산이다. 덕산이 가장 이름난 것은 그곳이 남명 조식 선생이 공부한 곳이기 때문이다."라고 한 것이나, 덕천서원 사당에 들어가 참배한 후 "남명의 성성자惺惺子 소리가 귀에 들리고 궤장几杖을 잡고서 남명에게 직접 가르침을 받는 듯하다."고 술회한 언급에서 이를 확인할 수 있다.

남명 관련 한시만도 헤아릴 수 없이 많다. 예컨대 필자가 2009년 지리산 관련 자료집인 『지리산 한시 선집』(보고사, 2009)을 출간하면서 남명 관련 한시를 발굴하고 선별하였는데, 그 수가 실로 엄청났다. 남명 관련 주요 핵심 키워드는 위에서 거론한 것들이다. 한시 저자들 또한 경상우도 지역의 인물이 주를 이루지만, 그 외의 인물들도 그 명성을 흠모하여 영남지역을 유람하는 이라면 빠뜨리지 않는 곳이었다. 특히 산청 덕산은 지리산 중산리로 들어가는 길목에 있어 천왕봉을 목표로 한 지리산 유람에서 반드시 거쳐 가는 곳이었다.

20세기는 19세기와 마찬가지로 영·호남 지식인에게서 골고루 지리산 유람이 나타난다. 영남지역에서는 거창의 김회석金會錫, 함양의 배성호裵聖鎬, 진주의 이수안李壽安과 하겸진河謙鎭, 덕산의 정덕영鄭德永, 단성의 김학수金學洙 등이 있으며, 호남의 인물로는 양재경梁在慶, 남원의 김교준金敎俊·정종엽鄭鐘燁, 정읍의 김택술金澤述, 화순의 양회갑梁會甲 등이 있다. 그 외에도 송병순宋秉珣을 비롯해 김해의 이보림李寶林 등이 지리산 천왕봉에 올랐다. 사승師承으로 살펴보면 영남지역은 곽종석郭鍾錫·허유許愈·정재규鄭載圭 등의 문인이 많으며, 호남지역은 송병선宋秉璿·기우만奇宇萬·전우田愚 등의 문인이 주를 이룬다. 물론 김교준·정종엽·배성호 등과 같이 영·호남의 여러 학자를 두루 찾아다니며 수학하거나 교유한 인물이 많이 배출되는 것도 이 시기의 특징 중 하나이다.

이 시기는 경술국치를 전후하여 전통 유학에 전념해 무너진 도를 회복하고자 한 영·호남의 유학자들이 현실과 괴리된 불편한 심정을 해소하기 위해 지리산을 주로 찾았던 것으로 보인다.

03

지리산을 찾아가는 길

조선시대 선비들의 지리산 유람은 대략 두 가지 목적으로 이루어졌다. 먼저 유람의 정점인 천왕봉에 오르는 것을 산행의 주요 목적으로 삼는 경우, 주로 천왕봉에 올라 공자가 '태산에 올라 천하를 작게 여긴다[登泰山而小天下]'고 한 기상을 느껴보고, 나아가 일출 광경을 보고서 정신을 상쾌하게 하는 등 지식인의 호연지기를 기르는 것이 그 하나다. 예컨대 이륙李陸이 "공자께서 태산에 올라 천하를 작다고 하셨는데, 나는 이 말을 매우 괴이하게 여겼다. 그런데 이 산에 오른 뒤에야 성인의 말씀이 거짓이 아님을 알게 되었다."라고 한 것이나, 박여량朴汝樑이 천왕봉에 올라 "하늘에 닿을 듯 높고 웅장하여 온 산을 굽어보고 있는 것이 마치 천자가 온 세상을 다스리는 형상과 같으니, 천왕봉이라 일컬어진 것이 이 때문이 아니겠는가?"라고 한 것에서 이를 알 수 있다.

다른 하나는 쌍계사·불일암·의신사 등 주로 청학동靑鶴洞과 삼신동三神洞 방면을 유람한 경우인데, 현실과 이상이 괴리되었을 때

천왕봉에서 조망하다

불편한 심기를 달래기 위해 이상향으로 인식되어 온 여러 곳들을 찾았다. 이는 부사浮査 성여신成汝信 1546~1632이 대표적이다. 그는 중년 이후 지리산을 홍류동紅流洞으로 2번, 청학동으로 5번, 백운동白雲洞으로 1번, 천왕봉으로 1번 유람하였다. 그는 남명 조식의 문인으로 임진왜란 때 곽재우郭再祐를 도와 화왕산성火旺山城에서 전공을 세웠으며, 전란 이후 고향으로 돌아와 강호에 묻혀 은일隱逸의 삶을 지향하였다.

그는 71세 때 쌍계사·불일암·신응사 방면을 유람하였는데, 자신을 포함한 동행자들을 모두 신선神仙의 호를 붙여 팔선八仙이라 불렀다. 예컨대 성여신 자신은 부사소선浮査少仙, 정희숙鄭熙叔은 옥봉취선玉峰醉仙, 강사순姜士順은 봉대비선鳳臺飛仙, 박민朴敏은 능허보선凌虛步仙, 이근지李謹之는 동정적선洞庭謫仙, 성박成鎛은 죽림주선竹林酒仙, 문홍운文弘運은 매촌낭선梅村浪仙, 성순成錞은 적벽시선赤壁詩仙이라 하여 자신들의 유람을 신선 놀이에 비유하였고, 유산기 또한 「방장산선유일기方丈山仙遊日記」라 제목하였다. 그는 이 유람에서 장편의 「유두류산시遊頭流山詩」를 포함하여 수많은 유선시遊仙詩를 남겼는데, 모두 현실과 타협하지 못하고 물러나 있는 그의 불우한 삶을 선계仙界 유람을 통해 해소하고자 하는 정서를 표출한 것이다.

지리산 유산기에 나타나는 이러한 두 가지 목적은 그들의 유람 경로를 통해서도 확인할 수 있다. 지리산 자락에 터를 잡고 살면서 자신의 은거지에서 가까운 경로를 거쳐 산행하거나, 특정 지역을 특정 목적에 의해 유람하는 경우를 제외하면, 100여 편의 유산기는

❶ 합천 홍류동 낙화담
❷ 거창 수승대
❸ 함양 일두고택
❹ **인월 황산 유적지** 고려 말 이성계가 왜구를
섬멸한 것을 기리기 위해 조성하였다

대체로 천왕봉과 청학동·삼신동을 목적지로 삼아 유람한 경우가 대부분이다. 두 곳을 모두 유람하는 이도 많았지만, 이러한 두 목적은 20세기까지 지리산 유산기 전체를 관통한다고 할 수 있다.

그들이 읊은 지리산 한시 또한 이들 유람 코스에 보이는 특정 명승名勝을 중심으로 집중되어 있다. 예컨대 천왕봉을 오르는 이들은 천왕봉 일월대日月臺, 제석당帝釋堂의 성모聖母, 용유담龍游潭, 하동바위[河東巖], 덕산德山의 남명 유적지 등을 집중적으로 읊었고, 청학동을 목적지로 삼은 경우는 쌍계사·불일암·신흥동 계곡·칠불사를 읊은 시가 압도적으로 많았다. 천왕봉과 청학동을 겸하는 경우 또한 마찬가지로 나타났다. 때문에 그들의 유람 코스는 이러한 목적에 부합하여 몇 가지 유형으로 집약해 볼 수 있는데, 이런 작업 또한 꽤나 흥미로운 일이다.

그 외에 언급되는 명승으로는, 성주星州 등 경상북도를 통해 지리산으로 진입하는 경우, 합천의 해인사海印寺·홍류동紅流洞 계곡·황계폭포黃溪瀑布, 거창의 모리某里·수승대搜勝臺, 함양의 일두고택一蠹古宅, 산청의 환아정換鵝亭 등이 기술되어 있으며, 남원·운봉으로 진입하는 경우 인월引月의 황산荒山 유적지가 자주 보인다. 또한 주목적지인 천왕봉과 청학동을 향하는 도중 거쳐 가는 수많은 산사山寺를 읊은 작품도 다수 보인다.

따라서 이들 두 목적지를 중심으로 100여 편의 지리산 유산기에 나타나는 등산 코스를 일별함으로써 선현들의 지리산 유람 모습과 그 과정에서 그들이 느꼈던 감회를 확인해 보고자 한다. 이는 현재

유람록 시리즈

지리산을 찾는 많은 사람들에게 유익한 등산가이드북으로 활용될
수 있을 것이다. 그저 지리산이 좋아 오르는 것이 아니라 선인들의
유람 코스를 따라 산을 오르며 그들이 느꼈던 감회를 만끽하고
그들의 눈과 의식으로 지리산을 밟아보는 것은 천양지차가 있을
것이다. 실제 필자가 속한 강독모임인 경상대학교 두류고전연구회
에서 번역한 『선인들의 지리산 유람록』 시리즈가 출간된 이후, 지
리산 등산매니아들이 선현들의 유람 코스대로 지리산을 오른다는
후문을 들었다. 선인들의 산수유람을 통해 그들이 자연과 인간을
어떻게 인식했는가를 널리 알림으로써 우리의 국토와 자연환경에
대한 애정을 제고시키고, 나아가 삶의 질을 향상시키는 데도 기여
할 것으로 기대된다. 이제 그들의 유람을 따라 함께 지리산을 올라
보자.

인간세상의 영원한 이상향, 청학동

이상향은 기본적으로 '이상'이라는 인간의 가치체계가 표현되고, 이를 현세적現世的으로 실현할 수 있는 공간적 구조가 동시에 갖추어진 곳이다. 특히 이상향의 공간적 표상表象 문제는 이상적 가치체계가 달성되고 실현되기 위해 어떠한 경로와 방법으로 현실세계에 구도화시키려 하는가의 과정까지 포함한다. 따라서 이상향은 성격상 장소나 공간에 구애되지 않는 매우 자유로운 조건하에서 그 개념이 설정되어 왔다. 더구나 동양에서 이상향 공간의 표상방식은 다분히 관념적으로, 그리고 내세에 대한 희망으로 표시되어 왔다. 그중 중국의 무릉도원武陵桃源과 우리나라의 청학동靑鶴洞이 대표적이라 할 수 있다.

조선시대 이상향의 상징으로 거론된 청학동은 여러 곳이 있었다. 구한 말까지의 통계를 살펴보면 전국에서 '청학동' 내지 '청학리靑鶴里'라는 지명이 모두 10개 도에 45곳이 있었다. 함경도 11곳, 평안도 2곳, 황해도 7곳, 강원도 6곳, 경기도 8곳, 충청도 2곳, 전라도 2곳, 그리고 경상도에 7곳이 있었다. 대략 남쪽지역은 지리산 인근에서 나타나고, 그 외는 중부지방 위쪽에 분포되어 있다.

현재 청학동으로 알려진 곳으로는 경남 하동군 청암면 묵계黙溪의 도인촌道人村을 비롯하여 청학선원 삼성궁, 산청군 시천면 고운동孤雲洞, 하동군 악양면 매계리梅溪里, 화개동천花開洞天 불일폭포 부근, 지리산 세석평전 근처 등이 세인의 입에 오르내리고 있다. 가

청학동 불일폭포 (조용섭 작)

장 널리 알려진 곳으로는 청암면 묵계인데, 이는 근자에 언론매체를 통해 조성된 청학동일 뿐, 그 역사나 전거典據가 뒷받침하지 못하고 있다.

이 가운데 조선시대 유학자들이 인식한 청학동은 화개동천의 불일폭포 주변으로 일관되게 나타난다. 그 공간적 범위를 구체화한다면 불일암佛日庵과 불일폭포 일대를 중심으로 하되 쌍계사 주변과 신흥사神興寺가 있었던 삼신동 계곡까지 아우르며, 그 외연을 확대한다면 그 위쪽의 칠불사七佛寺까지도 포함시킬 수 있다. 이곳의 입지조건이 무릉도원과 흡사하여 청학동으로 일컬어졌는데, 예컨대 그곳에는 빼어난 절경뿐만 아니라 불일암에서 공부하던 최치원崔致遠이 신선이 되어 날아갔다는 전설과 함께 한 쌍의 청학도 깃들어 있어, 무릉도원의 입지조건을 모두 갖춘 셈이었다.

물론 불일암 주변의 청학동과 삼신동三神洞을 구분하여 인식한 의미 있는 견해도 있다. 그중 청학동과 신흥동의 경관을 두고 읊은 춘주春洲 김도수金道洙 1699~1733의 언급은 주목해 볼 만하다. 그는 1727년 9월 12일 금산군錦山郡을 출발하여 쌍계동을 거쳐 합천 가야산

해인사 일대를 유람하고, 다시 속리산 법주사法住寺를 경유해 서울로 올라가는 23일간의 장기 유람을 즐겼다. 김도수 역시 불일암 일대를 청학동으로 생각하였다. 그가 칠불암에 들렀을 때 신흥동과 청학동 경관의 우열을 묻는 승려의 물음에 "신흥동의 넓고 시원함과 청학동의 깊고 그윽함은 각각 장단점이 있네. 나로 하여금 바람을 쏘이고 달을 희롱하며 돌아가는 것을 잊게 하는 곳은 신흥동일세. 청학동은 뼈에 사무치도록 쓸쓸하니 돌부처가 아니면 살 수 없다네."라고 하였다. 오두인吳斗寅 1624~1689은 신흥동의 경관이 화개동보다 열 배나 맑고 기이하고 아름답다고 하였다.

지금의 불일암 일대와 삼신동을 찾아 본 이라면 김도수의 이 표현이 얼마나 절묘한지를 절감할 것이다. 쌍계사 뒤쪽으로 난 산 속으로 외길을 따라 한참을 올라가다 보면 산길이 점점 깎아지른 듯 험해진다. 불일암은 한 가닥 돌계단을 오르며 헐떡이는 숨을 몇 번이나 몰아쉰 뒤에야 닿을 수 있는 깊숙한 골짜기에 숨겨져 있다. 오르는 내내 주변의 우뚝한 봉우리들이 유람자가 얼마나 깊은 골에 들어와 있는지를 알게 해준다. 골이 깊어 물줄기가 보이지 않는데도 어디선가 계곡물 떨어지는 소리가 끊이지 않고 들린다. 땅만 바라보고 한참을 올라가다 고개를 들어보면 저 멀리 하늘 끝 나무 숲 사이로 언뜻언뜻 암자의 끝자락이 보인다. 김도수는 아득히 구름 끝에 풍경을 매달아 놓은 듯하다고 표현하였다. 그 순간 자신도 모르게 탄성이 터져 나온다. 이것이 어느 봄날 필자가 불일암을 찾았을 때의 황홀한 기억이다.

▲ 불일암

불일암에서 본 전경▼

3칸의 단아하면서도 정갈하기 만한 불일암에 앉아 그 앞에 펼쳐진 봉우리를 바라보노라면 마음이 안온해진다. 속세의 티끌이라곤 한 톨도 남아있지 않는 청아한 전경이 가슴속의 응어리를 말끔히 씻어준다. 그리고는 외로워진다. 가슴속이 시리도록 서글퍼진다. 청학동 불일암은 그런 곳이다.

청학동을 찾아 불일암으로 오르는 이 길은 지리산 산행 중 험한 코스로도 유명하다. 더구나 김도수의 기록에 의하면, 이 길에는 호랑이도 많이 나타났다고 전한다. 쌍계사 승려가 불일암을 오르려는 그에게 '이곳엔 호랑이가 자주 출몰한다'고 경고한 후 쌍각雙角을 불며 앞에서 인도하였다. 비탈길을 따라 내려올 적엔 김이 모락모락 나는 한 무더기의 호랑이 똥을 보았는데, 승려들이 다시 쌍각을 불어 호랑이의 접근을 막았다. 호랑이가 출몰할 정도로 깊숙한 곳이 바로 청학동이었다.

이에 비해 삼신동은 찾아가는 길부터 눈과 마음이 즐겁기 그지 없다. 지금은 포장된 길이 나 있어 차량으로 쉬이 찾을 수 있는데, 차창 밖으로 보이는 그 풍경이 선경仙境을 방불케 한다. 어느 계절에 찾아와도 그 느낌은 동일하게 다가온다. 삼신동 초입에는 개울이 있다. 칠불사에서 내려오는 개울과 신흥사에서 오는 개울이 만나는 지점이다. 그 개울에서 신흥사 쪽을 바라보는, 다소 넓은 듯 아름다운 계곡이 신흥동 계곡이다. 신흥사로 들어가려면 반드시 이 개울을 건너야 했다. 지리산 깊은 골짜기에 이렇듯 넓은 계곡이 있을 수 있나 생각될 정도로 꽤나 널찍하다. 남명南冥 조식曺植 등

이곳을 유람했던 수많은 선비들이 너나없이 '수십 명은 앉을 만한 너럭바위 위에서 쉬었다'고 할 만큼 바위가 많고 계곡물이 넘쳐흐르는 풍광 좋은 절경이다. 그곳에서 지팡이를 짚고 시내를 따라 걷기도 하고, 눈이 시리도록 단풍을 보고 노을을 만끽하며 술잔을 들기도 하고 피리 연주를 듣기도 하였다.

화개동 일대가 유학자들에게 청학동으로 인식된 데에는 신라의 최치원과 고려시대 이인로李仁老의 영향이 절대적이었다. 최치원은 통일신라 말기에 당나라로 유학하여 문명을 떨친 후 새로운 희망을 품고 귀국했으나, 그를 맞이한 건 변함없는 신분제의 한계와 이미 말기적 폐단을 드러내고 있는 현실이었다. 자신의 이상을 실현할 수 없음을 알고서 그는 결국 방랑의 세월로 일관하였고, 때문

신흥동 계곡

쌍계사 진감선사비

에 전국의 절경인 곳이라면 그의 발자취 하나쯤 남아전하지 않는 곳이 없다. 그런 그가 선경仙境인 양 아름다운 이 화개동의 경관을 그냥 지나쳤을 리 있으랴. 더구나 쌍계사·불일암 등의 고찰은 그의 발길을 멈추게 하기에 충분했으리라.

이 화개동에서 최치원의 발자취를 찾기란 그리 어려운 일이 아니다. 쌍계사 입구에 버티고 있는 '쌍계雙磎·석문石門' 석각을 비롯해, 지금도 대웅전 뜰에 위풍당당하게 자리하고 있는 진감선사대공탑비眞鑑禪師大功塔碑가 그의 필체이고, 지금은 없어졌으나 조선후기까지도 쌍계사 고운영당孤雲影堂에는 최치원의 초상화가 모셔져 있었다.

또 불일암은 어떤가. 이륙李陸의 기록에 의하면, 불일폭포 아래

최치원 영정

에 깊이를 헤아릴 수 없는 두 못이 있는데, 하나는 용추龍湫라 하고, 다른 하나는 학연鶴淵이라 불렀다. 속설에 "최치원이 이곳에서 책을 읽으면 신령스런 용이 그때마다 나와 그 소리를 들었고, 학도 그 소리에 맞춰 공중을 날며 춤을 추었다. 어떤 때는 최치원이 허공에다 한 일자─를 그려 다리로 삼아서 왕래하기도 하였다."고 하였으니, 불일암 일대는 온통 최치원의 일화 일색이다.

그 외에도 신흥동 계곡 초입의 바위에 새겨진 '삼신동三神洞' 세 글자와, 신흥사 앞 계곡 바위에 새겨진 '세이암洗耳嵒' 세 글자 또한 최고운의 필적으로 전해진다. 현재 신흥사 터에는 '왕성초등학교 분교'가 자리하는데, 그 교문 앞에는 지금도 오랜 세월을 알게 하는 큰 푸조나무가 가지를 늘어뜨린 채 지나는 이들에게 그늘과 휴식을 제공하고 있다. 이 나무 또한 최치원이 꽂은 지팡이에서 살아난 것이라고 안내판은 전하고 있다. 남명 조식이 지리산 계곡 중 가장 절경으로 칭찬했던 곳도 바로 이곳이다. 계곡의 바위 하나 귀퉁이

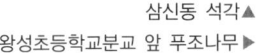
삼신동 석각▲
왕성초등학교분교 앞 푸조나무 ▶

하나도 최치원의 일화와 전설이 빠지지 않는 곳이 바로 이 화개동
과 삼신동이다. 사계절 어느 때든 이곳으로 발을 들이는 순간 모두
가 최치원이 되어 청학을 타고 날아갈 것만 같은 아름다운 착각에
빠지게 된다.

　이인로는 무신정변이 일어난 뒤의 불안한 정국에 염증을 느껴
은거를 결심하였고, 그 장소를 물색하던 도중 평소 지리산 청학동
에 대해 들었던 기억을 떠올리며 막연히 그곳을 찾아 떠났다.

　지리산은 두류산頭留山이라고도 한다.……옛 노인이 서로 전하여
이르기를 "이 산에 청학동이 있는데, 길이 매우 좁아서 겨우 사람이
통행할 수 있다. 구부리고 엎드려 몇 리를 가야 넓게 트인 땅이 나타
난다. 사방이 모두 좋은 밭과 기름진 땅으로 씨를 뿌리고 나무를
심을 만하다. 청학이 그 가운데 깃들어 살아 청학동이라 부르게 되었
다. 대개 옛적에 속세를 등진 사람이 살던 곳인데, 무너진 담장과

집터가 아직도 가시덤불 속에 남아있다."고 하였다.

〈이인로李仁老, 『파한집破閑集』〉

　　이인로가 말하는 청학동은 도연명陶淵明의 「도화원기桃花源記」의 무릉도원과 흡사하다. 세상 사람들이 쉬이 찾을 수 없는 곳, 그러나 한 번 들어가면 그곳에선 먹고사는 것을 걱정하지 않을 만큼 자급자족이 가능한 곳이다. 게다가 청학까지 깃들어 사는 곳으로, 세상과 동떨어져 숨어살기에 알맞은 곳이 바로 청학동이다. 이인로는 청학동을 찾아 화개동으로 왔던 것이다.

　　그런데 그는 청학동을 발견하지 못하고 돌아갔다. 구례 화엄사華嚴寺를 지나 화개현에 이르러 신흥사까지 갔지만, 결국 청학동을 찾지 못한 채 바위에 시를 남기고 돌아갔다. 그가 삼신동의 신흥사까지 갔는데도 결국 청학동을 찾지 못했다는 기록으로 보아 조선시대 유학자들은 청학동의 구체적인 실제 공간을 쌍계사 위쪽 불일암과 불일폭포 주변으로 한정시켰던 것이 분명하다.

　　김종직金宗直은 길 안내를 맡았던 승려 해공解空이 악양현岳陽縣의 북쪽을 가리켜 청학사青鶴寺가 있는 곳이라 하자, "아! 이곳이 옛사람이 이른바 신선이 놀던 곳이라는 데인가? 이곳은 속세와 그리 멀지 않은데 미수眉叟 이공李公이 어째서 찾지 못했을까?"라고 하여, 자연스레 이인로를 연상시키고 있다. 남효온南孝溫 또한 쌍계사와 불일암 일대에 이르러 이인로의 시를 떠올리며 "그는 성문 안 쌍계사 앞쪽을 청학동이라 여긴 것이 아닐까? 쌍계사 위 불일암 아래에

쌍계석문 석각

도 청학연青鶴淵이란 곳이 있으니, 이곳이 청학동인 것은 의심할
나위가 없다."라고 하였다.

　이후 미수眉叟 허목許穆 1595~1682이 「지리산청학동기智異山靑鶴洞記」
에서 "청학동은 쌍계석문雙磎石門 위쪽에 있다.……쌍계 북쪽 절벽
에서 산굽이를 따라 암벽을 부여잡고 오르면 불일암 앞의 우뚝한
석벽에 이른다. 거기에서 남쪽을 향해 서면 바로 청학동이 굽어보
인다."고 한 것을 비롯하여 변사정邊士貞·양대박梁大樸·성여신成汝
信·조위한趙緯韓·양경우梁慶遇·김지백金之白·신명구申命耉·오두
인吳斗寅·정식鄭栻·송광연宋光淵·황도익黃道翼·김도수金道洙 등이

화개동을 청학동으로 인식하였다. 최치원과 이인로가 청학동을 찾아 화개동 일대로 들어와 남긴 족적과 글은 이후 조선시대 선비들에게 이상향의 상징으로 인식되었던 것이다.

고운은 천 년 전 사람	孤雲千載人
수련하여 학을 타고 갔다지.	鍊形已騎鶴
쌍계에는 옛 자취만 남아 있고	雙溪空舊蹟
흰 구름 골짜기에 자욱하여라.	白雲迷洞壑
미미한 후생 고풍을 우러르니	微生仰高風
끌리는 마음 자주 일어나네.	響往意數數
공의 유수시를 읊조려 보니	朗詠流水詩
빼어난 기상은 조조曹操보다 낫네.	逸氣壓橫槊
어찌하면 번잡함을 떨쳐 버리고	安得謝紛囂
공과 푸르른 하늘에서 놀아 볼까.	共君遊碧落

〈기대승奇大升, 「입청학동 방최고운入靑鶴洞訪崔孤雲」〉

※ 유수시流水詩는 '짐짓 흐르는 물로 산을 둘러치게 했네'라고 읊은 최치원의 「제가야산독서당題伽倻山讀書堂」을 가리키는 듯함.

이상향에 대한 동경은 작자가 몸담고 있는 현실과의 괴리감에서 오는 경우가 일반적이다. 동진시대東晉時代의 혼란한 현실이 수많은 지식인에게 무릉도원 같은 이상향을 꿈꾸게 했듯, 조선 선비들 또한 현실과 이상 사이의 괴리감을 해소하기 위해 청학동을 찾았던 것으로 보인다. 기대승은 지리산 천왕봉과 청학동을 두루 유람하

쌍계사 금당 금당 안에는 육조 혜능대사의
정상頂相을 모신 탑이 있다

였는데, 그 역시 현실에서의 번잡하고 힘든 상황을 벗어나기 위해
청학동에서 신선이 되어 날아간 최고운을 찾고, 그를 통해 선경의
세계로 가고픈 동경을 표출하였다.

　그런데 이러한 선계는 경관이 빼어날 뿐만 아니라, 쉬이 찾을
수도 오를 수 있는 곳이 아니기에 더욱 갈망하는 대상이었다.

　23일(己酉). 쌍계사에서 서쪽으로 5리쯤 가자, 길이 다하고 돌길이
가팔랐다. 바위에 사다리를 갈구리로 매어놓아 남여를 메기 어려웠
고, 다른 사람이 부축할 수도 없었다. 각자 벼랑을 안고 넝쿨을 부
여잡으며 엉금엉금 기어서 앞으로 나아갔다. 한참 만에 한 동네가
나왔는데, 이른바 청학동이라는 곳이다. 신령스런 경계가 그윽하고
깊으며, 나무꾼들이 다니는 길이 희미하게 나 있었다. 대고리짝을
싣고 소 몇 마리만 끌고 들어와서는 생업을 일으키기 어려울 듯하

니, 물외物外의 전원田園을 이인로가 끝내 찾을 수 없었던 것은 괴이
할 것이 없다. 〈송광연宋光淵, 「두류록頭流錄」〉

청학동은 인간이 쉬이 갈 수 없는 선계仙界고, 빼어난 경관을
통해 자신이 인간 세상을 벗어나 물외에서 노니는 듯한 착각을
느끼게도 하였다. 그래서 그들은 "우뚝한 산봉우리는 첩첩이 막혀
있고, 대나무 숲은 싱그러웠다. 그 옛날 진秦나라 세상을 피해 숨은
백성들의 모습과 흡사하였다. 어쩌면 이런 곳에 풀을 베어 터를
잡고 나의 남은 인생을 보낼 수 있을까?"라고 하여, 그곳에서의
은거를 염원하였다. 이곳으로의 유람은 현실의 고통을 모두 잊은
채 천상의 선계로 이끄는 것이었다.

그러나 이들은 모두 청학동의 선계를 이상향으로 갈망하면서
도, 그것은 어디까지나 자신의 내면에 설정한 관념적 공간일 뿐이
었다. 그들은 현실에서의 갈등을 회피할 가상의 공간을 갈구했고,
마치 그것을 현실적 공간에서 찾은 듯하나, 이는 실질적으로 살아
갈 현실적 공간이 아니라, 그들의 내면에 구축된 관념적 이상이었
던 것이다. 선계인 청학동으로의 유람을 평생 갈구하면서도 그것
은 현실을 온전히 등진 것이 아니라, 한쪽 발은 현실에 걸친 어정쩡
한 상태였다. 결국 조선시대 유학자에게 청학동이란 현실을 벗어
나지 못하는 그들이 강구해 낸 나름의 자기구제自己求濟의 방식이자
공간이었던 것이다.

청학동은 어디에 있을까

이제부터 선현들의 발길을 따라 청학동을 찾아나서 보자. 청학동을 찾아가는 길은 대략 두 가지로 구분되는데, 애초 유람의 목적을 청학동에 둔 경우와 청학동·천왕봉 두 곳을 동시에 목적지로 한 코스가 각각 다르게 나타난다. 어떠한 경우든 다소 순서의 차이만 있을 뿐, 모두 '쌍계사·불일암·불일폭포·삼신동·신흥사·칠불암' 일대를 유람한 것으로 나타난다. 조선시대 초창기 기록에는 신흥사까지만 거론되고 칠불사가 보이지 않는데 비해, 시대가 내려올수록 칠불사를 경유하는 것이 차이라면 차이다.

현 경상남도 하동군 화개면 범왕리에 있는 칠불사는 지리산 반

칠불사

운상원   아자방

야봉 아래 800m 고지에 위치하여, 전해오는 아름다운 일화와 유적이 많다. 본래 '구름 위의 집'이란 뜻의 '운상원雲上院'으로 불리었는데 김수로왕의 일곱 왕자가 출가해 모두 성불成佛했다고 하여 칠불사로 절 이름을 바꾼 일화, 거문고의 신선 옥보고玉寶高 이야기, 한번 불을 지피면 49일이나 열이 식지 않는다는 아자방亞字房 온돌, 아들에 대한 진한 모정母情을 담은 영지影池 일화 등이 유명하다. 이런 여러 일화와 오랜 역사를 지닌 칠불사는 청학동을 찾아 이곳으로 유람하는 자라면 반드시 들르는 코스였다.

　　대부분 화개를 지나 신흥사나 칠불사까지 갔다가 다시 돌아 나오는 코스이나, 양회갑梁會甲 1884~1961의 유람처럼 칠불암에서 반야봉을 거쳐 노고단으로 넘어가는 경우도 있었다. 이보림李寶林 1903~1974은 구례 화엄사에서 노고단을 거쳐 반야봉에 올랐다가 칠불암으로 내려오는데, 구체적 일정은 제시되어 있지 않지만, 아마도 삼도봉을 지나 화개재를 거쳐 목통골을 따라 칠불사로 들어간 듯하다. 이 등산로는 산세가 험악하고 위험하여 지금은 통행이 금지되었다.

청학동으로 들어가는 길을 세분하여 살펴보자. 먼저 청학동이 최종 목적지인 경우다. 화개동 일대가 그 목적지라면, 이곳으로 들어가는 초입에서 반드시 경유하는 곳이 화개장터이다. 유람자가 화개에 이르는 여정은 두 가지이다. 남원·순창이나 곡성에서 출발하는 유람자는 구례를 거쳐 화개로 진입하였고, 합천·진주에서 들어가는 유람자는 악양과 하동을 경유하여 화개로 진입하였다. 전자에는 조위한趙緯韓·김도수金道洙·김지백金之白·양회갑梁會甲 등이 있고, 후자는 조식曺植·성여신成汝信·허목許穆·신명구申命耉·양경우梁慶遇·오두인吳斗寅·이주대李柱大·정식鄭栻·정석구鄭錫龜·황도익黃道翼·유문룡柳汶龍·김성렬金成烈 1846~1919·하겸진河謙鎭 등 많은 인물에게서 보이는 코스다.

남주헌南周獻 1769~1821은 함양군수로 재직하던 1807년 3월, 당시 경상관찰사 윤광안尹光顔·진주목사 이낙수李洛秀·산청현감 정유순鄭有淳과 함께 청학동을 찾았다. 경상감사의 행차였던 만큼 유람 행렬이나 그들을 접대하는 관할 지역의 예우 또한 극치를 이루었다. 아마 현재 발굴된 지리산 유산기 가운데 가장 화려하면서도 많은 인원이 동원된 것으로 보인다. 남주헌의 기록을 읽어보자.

27일(己巳). 맑음. 1리를 가자 섬진나루가 나왔다. 배를 타고 쌍계사로 향하였는데, 관찰사와 세 명의 수령이 배 두 척을 묶어 만든 화려한 누각에 앉았다. 데려간 하인 및 깃발 잡는 사람, 생황 켜는 사람, 퉁소 부는 사람, 그리고 각 고을의 요리사 등을 각각의 배에 나누어 실었는데, 거의 3백~4백 명이나 되었다. 마침 나루터에 장이 서는 날이어서 남녀노소가 빽빽이 나와 서 있었다. 우리를 신선처럼 바라보았다. 멀찌감치 떨어져서 돛을 펼치고 북적대는 사람들을 보는 것도 일대 장관의 하나였다.　　　　　　　〈남주헌, 「지리산행기」〉

　배 두 척을 묶어서 화려하게 장식한 유람선에 앉아 북적대는 화개장터를 유유히 바라보는 그들을 상상해 보라. 화개장터는 영남 하동과 호남 구례의 온갖 물산이 모여 활발한 유통이 이루어지던 곳으로, 지방 고을의 장터치고는 엄청난 규모를 자랑하였다. 유람자 네 사람은 민생을 돌보는 관찰사와 수령이었으니 민간의

화개장터

신흥사 계곡

풍속을 이처럼 가까이서 볼 기회가 드물었을 것이고, 따라서 온갖 인물군상人物群像이 다 모인 그날의 장터가 이채롭게 보였을 것이다. 마찬가지로 평소 보지 못한 색다른 구경거리를 즐기기라도 하듯, 네 사람을 신선인양 신기하게 바라보는 장날 구경꾼들의 그 눈빛을 상상하고도 남음이 있다.

　다음으로 청학동과 천왕봉을 동시에 목적지로 한 경우이다. 대체로 천왕봉에 올랐다가 청학동으로 내려오는 경우와, 청학동을 들렀다가 천왕봉으로 올라가는 유람이 이에 해당된다. 일반적으로 많이 나타나는 것은 전자의 경우인데, '천왕봉 → 제석봉 → 세석평원 → 영신봉 → 대성골 → 의신암'을 지나 칠불사나 신흥사로 내려오는 일정이다. 비록 출발지는 달랐으나, 이륙李陸·김일손金馹孫·남효온南孝溫·유몽인柳夢寅·박래오朴來吾·정기鄭琦의 유람이 이에 해당한다. 간혹 영신봉에서 벽소령을 거쳐 칠불사로 내려오는 경우도 있었으니, 하익범河益範 1767~1815이 이에 해당한다. 노광무盧光懋 1808~1894는 함양에서 출발하여 벽송암·군자사·영원암을 경유해 칠불암으로 들어갔다.

청학동을 유람한 후 다른 목적지로 이동하는 경우도 있다. 송병순宋秉珣 1839~1912과 김회석金會錫 1856~1933은 천왕봉에 올랐다가 진주를 거쳐 악양·하동으로 진입하여 청학동을 유람하고 벽소령을 넘어 함양으로 내려가는 코스를 택했다. 청학동 유람 후 영신봉과 세석평원을 거쳐 천왕봉을 오른 이로는 송광연·남주헌·송병선 등이 있다. 이렇듯 청학동 유람은 출발지에 따라 다소 차이가 있으나, 그 목적지가 청학동이었던 점은 동일하다고 하겠다.

제왕으로서의 신성, 천왕봉

지리산 유람의 또 다른 목적지는 천왕봉이다. 유산을 떠나는 연유는 제각각 다를 수 있지만, 천왕봉에 오르는 것이 그들의 목적이었다. 나서지 않았다면 모를까 산행을 시작한 이상 천왕봉을 밟지 않고 돌아온다면 지리산에 갔었다고 말하지 말라는 속언이 있다. 필자 또한 천왕봉의 턱밑에 있는 법계사法界寺 1400m까지 올랐다

법계사

가 해가 저물어 하산한 적이 있는데, 주위 사람들로부터 험한 소리
를 많이 들었다.

지금은 성삼재까지 도로가 나 있어 아침 일찍 그곳에 차를 세우
고 출발하면, 어지간한 체력이면 노고단을 지나 임걸령까지 왕복
20km를 산행할 수 있고, 건각健脚이라면 조금 더 올라 반야봉까지
도 가능하다고 한다. 성삼재에서 반야봉까지는 왕복 26km쯤 된다.
그런데 이러고도 지리산에 간 것이 아니라고들 한다. 실제 이 길은
어린 아이도 오를 수 있을 만큼 평탄한데다 중턱까지 차를 타고
올랐으니, 산행이라 할 수 없다는 말이다.

그렇다고 코재나 깔딱고개 같은 급경사를 지나야만 산행을 했
다고 할 것인가. 코재는 구례 화엄사에서 노고단을 오르는 코스

깔딱고개

중 정상에 오르기 직전의 약 50m 남짓의 급경사다. 얼마나 험악했
으면 코재라 했을까. 바위나 나뭇가지를 부여잡고 엎드려서 오르
다보면 코가 땅에 닿을 만큼 가파르다고 하여 붙여진 이름이다.

　깔딱고개는 하늘 아래 첫 절인 법계사를 지나 천왕봉에 올라서
기 직전의 약 500m 남짓의 급경사이다. 정상에 오르기 위한 마지
막 관문이다. 중산리에서 시작한 산행이라면 이 500m가 길고도
험난한 코스다. 체력의 한계를 느낀 데다 가파른 경사지이니, 한걸
음 옮길 때마다 숨이 깔딱깔딱 넘어간다고 하여 붙여진 이름이다.
필자 또한 두어 번 이 고개를 오르는 산행에서 일행들에게 민폐
덩어리였던 불명예스런 기억이 떠오른다. 몇 년이 지났건만 지금

생각해도 절로 숨이 깔딱거
릴 만큼 아찔한 기억이다.

말이 나왔으니, 선현들은
산행 시 급경사 같은 험한
곳을 만나면 어떻게 올랐을
까 궁금해진다. 지리산 유

山東通志

산동통지

산기에는 험악한 코스에 접어들면 으레 『봉선의기封禪儀記』에 나오
는 "뒷사람은 앞사람의 발밑만 쳐다보고, 앞사람은 뒷사람의 정수
리만 보는 듯하다.〔後人見前人履底 前人見後人頂〕"는 구절로 산행의 힘겨
움을 표현하고 있다. 김종직이 영랑재永郎岾를 오를 때도 그러했고,
이동항李東沆 1736~1804이 향적사香積寺 옛 터를 오를 때도 그러하였다.
급경사의 산비탈이나 바위를 만나면 거의 기어서 올라야 하는데,
그때의 모습을 형용한 것이다. 절묘하기 그지없는 표현이다.

여하튼 어떤 경로를 통해 천왕봉을 오르든 꼭대기에서 바라보
는 그 광활한 느낌은 예나 지금이나 다르지 않으리라 생각된다.
따라서 천왕봉에 투영된 조선시대 선비의 의식을 살펴봄으로써 천
왕봉이 지닌 고유한 정체성을 확인해 보고자 한다.

천왕봉에 투영된 의식은 몇 가지로 대표할 수 있다. 먼저 선현
의 산행을 흠모하여 자신의 유람과 동일시하는 경우이다. 공자가
태산泰山을, 한유韓愈가 형산衡山을, 주희朱熹가 형산 축융봉祝融峯을
올라 호연한 기상을 함양하고 산과 인간의 숭고하면서도 신성한
교감을 이끌어낸 것처럼, 조선시대 선비들도 산행을 통해 그들의

태산 정상에서 본 전경

정서를 공감하려 했던 것이다.

공자가 동산東山에 올라 노나라를 작게 여기고 태산에 올라서는 천하를 작게 여긴다고 한 언급이나, 한유·주희가 형산을 유람한 것은 조선조 지식인에겐 선망의 대상이었고 반드시 계승해야 할 정신으로 인식되었다. 예컨대 김일손은 천왕봉에 올라 "마음과 눈으로 보면 공자께서 동산에 오르셨을 때의 심정과 꼭 들어맞는다. 무한한 회포를 품고 인간 세상을 내려다보니 그 감개가 그지없었다."라고 하였는데, 특히 공자의 이러한 언급은 지리산 유산기에 빠지지 않고 등장한다. 이는 조선시대 지식인이 지리산을 유람하는 주요 목적이기도 하였다.

한유는 형산을 유람할 적에 형악묘衡嶽廟를 참배한 후 신에게 맑은 날씨를 기원하는 기도를 올렸고, 그 감응 때문인지 형산의 모습을 온전히 볼 수 있었다. 이때 한유가 행했던 기도나 그가 지었다는 시는 조선 선비들에게 꽤나 유행하였다. 김종직이 천왕봉 아래 성모묘聖母廟에서 일출을 보게 해달라는 제사를 올릴 때 평소 공자와 한유의 유람을 흠모해 왔다고 말하였고, 퇴계退溪 이황李滉 1501~1570은 청량산淸凉山 유람을 마친 후 한유의 시에 차운하기도 하였다. 그렇다면 이들은 선현의 유람에서 무엇을 얻고자 한 것인가?

내 알지 못하겠다　　　　　　　　　　　吾不知
공자께서 태산과 동산에 오르셨을 때와　　夫子之登泰山登東山
정자가 남여로 3일 동안 유람했을 때와　　程子之藍輿三日
주자가 눈 내리는 남악을 유람했을 때도　　晦翁之雪中南嶽
오늘 나처럼 마음과 눈이 활달했을까?　　亦如今日之豁心目

공자·정자·주자는 조선시대 지식인에게 최고의 존숭 대상이었다. 공자가 태산에 올라 넓고 크게 세상을 바라볼 안목을 기르고, 한유가 기도를 통해 산과 인간의 숭고하면서도 신성한 교감을 이끌어낸 것처럼, 선현들도 자신의 유산을 통해 그들과 공감하려 하였다. 그들처럼 느끼고, 그들의 경지까지 오르고자 함이 목적이었다. 곧 공자·정자·주자 등 선현들의 유람을 자신의 유람 목적으로 삼고, 나아가 선현의 유람을 동일시하여 자신들의 유람을 더 높은 차원적으로 끌어올리려 했던 것이다.

명암明庵 정식鄭栻이 "정상에 오르자 가슴이 시원하여 마치 하늘에 오른 듯하였다. 공자께서 태산에 올라 천하를 작게 여기신 마음이 들었을 뿐만 아니라, 추鄒 땅의 성인 맹자孟子께서 이른바 태산을 끼고서 북해北海를 뛰어넘는다고 한 기상과, 장자莊子가 해와 달의 곁에 가서 우주를 껴안는다고 한 기개를 나도 거의 느낄 수 있었다."라고 한 것처럼, 이는 그들이 도달해야 할 목표인 성현의 경지를 넘어선 그 이상의 가치를 궁구하려는 의지와도 관련된다. 눈으로 보여지는 경지를 초월하여 보다 높은 정신적 가치를 궁구하려 했던 것이다.

　　다른 하나는 하늘과 맞닿은 천왕봉에 올라 그 감격을 읊어내기보다 아래로 세상을 조망한 후 인간사에 대한 무상함과 연민을 토로한 경우이다. 이는 유몽인柳夢寅 1559~1623에게서 더욱 짙게 나타난다. 그는 천왕봉 정상에 올라 사방을 조망한 후 "아, 이 세상에 사는 덧없는 삶이 가련하구나. 항아리 속에서 태어났다 죽는 초파리떼는 다 긁어모아도 한 움큼이 채 되지 않는다. 인생도 이와 같거늘 조잘조잘 자기만 내세우며 옳으니 그르니 기쁘니 슬프니 하며 떠벌리니, 어찌 크게 웃을 만한 일이 아니겠는가? 내가 오늘 본 것으로 치면, 천지도 하나하나 다 가리키며 알 수 있으리라. 하물며 이 봉우리는 하늘 아래 하나의 작은 물건이니, 이곳에 올라 높다고 하는 것이 어찌 거듭 슬퍼할 만한 일이 아니겠는가? 저 안기생安期生이나 악전偓佺 같은 신선의 무리가 난새의 날개와 학의 등을 타고서 구만리 상공에 떠 아래를 바라볼 때, 이 산이 미세한

천왕봉(김기훈 작)

새털만도 못하리라는 것을 어찌 알겠는가?"라고 하여, 거대한 자연
에 비해 인간의 왜소함과 한계를 표출하고 있다.

　그러나 무엇보다 지리산 천왕봉에 대한 인식은 하늘과 맞닿은
곳, 하늘의 상제上帝와 가장 가까이 있어 천상天上의 세계로 여기던
곳, 그래서 역대의 임금이 하늘을 공경하여 제사를 모시던 그 신성
성神聖性에서 찾을 수 있다. '천왕'은 본래 불교 용어로, 사방에서
부처의 법을 수호하는 신을 일컫는다. 산사山寺에서 사천왕문四天王
門을 지나면 부처가 계신 법당이 나타나는데, 곧 부처의 세계로
다가가는 가장 근접의 지점인 것이다. 마찬가지로 지리산의 최고
봉인 천왕봉에 오르면 상제가 계신 하늘과 닿을 수 있다고 여겨
'천왕봉'이라 이름 하였으니, 그 명칭에서부터 얼마나 신성시하였
는가를 짐작할 수 있다.

'천왕봉'이라는 명칭에 대해 세상 사람들은 신상神像이 모셔져 있는 곳이어서 그렇게 부른다고 생각한다. 내 나름대로 생각해 보건대, 이 산은 백두산에서 발원하여 흘러 내려 마천령磨天嶺·마운령磨雲嶺·철령鐵嶺 등이 되었고, 다시 뻗어내려 동쪽으로는 오령五嶺·팔령八嶺이 되고 남쪽으로는 죽령竹嶺·조령鳥嶺이 되었으며, 구불구불 이어져 호남과 영남의 경계가 되었으며, 남쪽으로 방장산方丈山에 이르러 그쳤다. 이 산을 '두류산頭流山'이라 한 것이 이런 연유 때문에 더욱 극명해진다. 하늘에 닿을 듯 높고 웅장하여 온 산을 굽어보고 있는 것이 마치 천자天子가 온 세상을 다스리는 형상과 같으니, 천왕봉이라 일컬어진 것이 이 때문이 아니겠는가?

〈박여량朴汝樑, 「두류산일록頭流山日錄」〉

지리산은 백두산에서 발원하여 뻗어 내린 산으로, 백두산이 천상天上의 산이라면 지리산은 지상地上에 있는 최고의 산이다. 백두산이 조종祖宗인 하늘의 제왕 같은 산이라면, 지리산은 제왕의 자손으로 이 세상을 다스리는 천손天孫 같은 산이다. 특히 웅장하게 솟아있는 천왕봉은 마치 이 세상을 다스리는 천자의 위상으로 형상화하였다. 때문에 이 산에 오르는 사람들은 모두 천왕봉을 신성시하고 공경해 마지않았다.

당나라 시인 두보杜甫는 청성산青城山에 들어갈 때 침도 뱉지 않을 만큼 조심스러워했다 하고, 남효온은 지리산에 들어갈 때 술도 마시지 않고 마늘이나 파도 먹지 않으며 잠도 자지 않았으며, 황준량黃俊良 1517~1563 또한 천왕봉에 올라 한껏 기분이 부풀어 신나게 휘파람을

불어 보려다가도 되레 천황신을 놀라게 할까 두려워 그만두었다고
한다. 이렇듯 지리산에 대한 선현들의 외경심과 경건함은 각별한
것이었다.

아래로는 대지를 누르고	下壓乎后土
위로는 하늘에 닿아	上薄乎穹蒼
구름 밖에 홀로 빼어난 것	獨秀乎雲表者
바로 우뚝한 천왕봉이라네.	乃是天王峯之突屼
하늘을 옹립하고 지는 해를 떠받치고서	擁乾竇撑西日
우뚝하게 천왕봉과 마주하고 서 있는 것	崔嵬而對立者
또한 장엄한 반야봉이라네.	亦有般若峯之峯崒
호남의 서석산과 월출산	湖南之瑞石月出
강우의 가야산과 자굴산	江右之伽倻闍崛
고개 숙이고 엎드려 있어	低頭而屈伏
첩이나 신하와 다를 바 없네.	無異乎臣妾
곤명에 있는 금오산	金鰲在昆山
사천 남쪽에 서려 있는 와룡산	臥龍蟠泗南
남해에 치솟은 금산	錦山峙花田
진주·함안 사이의 방어산	防禦界晉咸者等
마치 태산 앞의 구릉과 같네.	如泰山之於丘垤
쏠리듯 동쪽으로 흐르기도 하고	或靡然東注
누운 듯 북쪽으로 머리를 두기도 한 것	或偃然北首者
안음의 덕유산	安陰之德裕
문경의 주흘산.	聞慶之主屹
점치는 거북 등처럼 갈라지기도 하고	或似龜坼兆

산가지 점괘처럼 나누어지기도 하며	或若卦分繇
올망졸망 불쑥불쑥 솟아 있기도 하고	而纍纍然巇巇然
들쭉날쭉 또렷또렷 서 있기도 하여	參參然煥煥然
그 이름을 부를 수 없는 것들은	不可得以名焉者
빙 둘러 이 산을 향해 읍하고 있는	衆山之環揖于玆山
동서남북에 나뉘어 선 여러 산들이라네.	而分列乎東西南北

〈성여신成汝信, 「유두류산시遊頭流山詩」〉

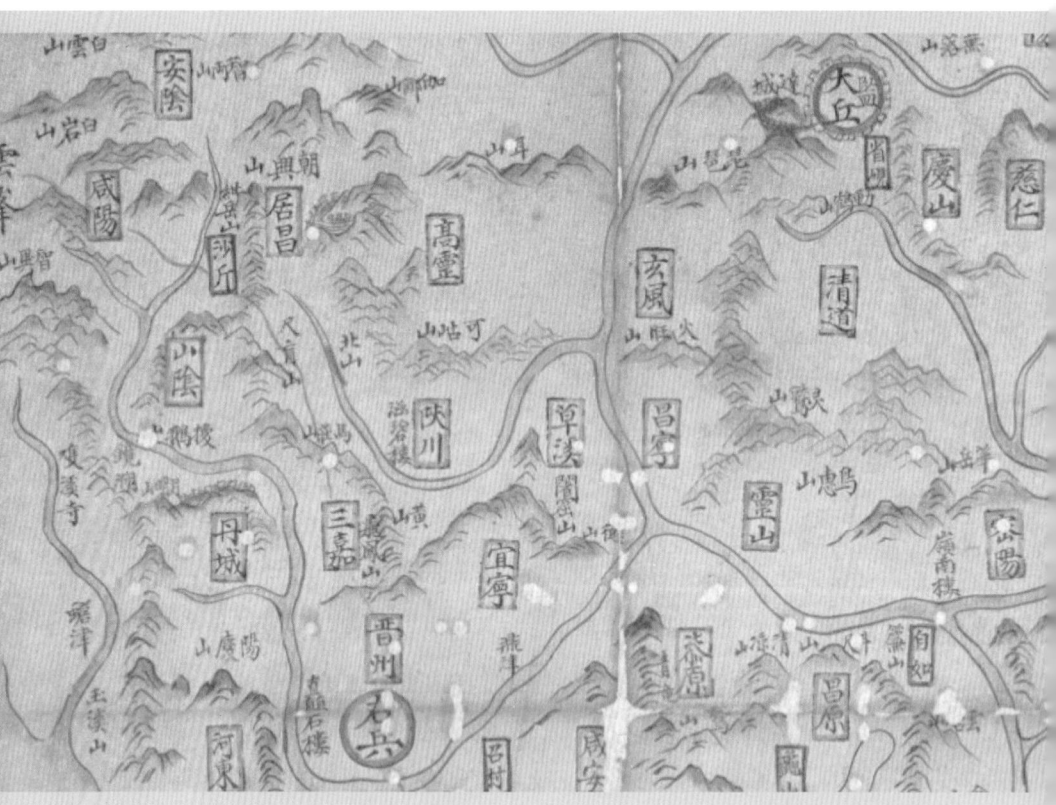

경상도(규장각 古4709-92)

성여신은 천왕봉에 올라 사방의 모든 산들을 발아래에서 굽어보고 있다. 호남의 서석산과 월출산, 그리고 경상우도의 가야산과 자굴산을 마치 임금을 향해 고개 숙이고 있는 상궁이나 신하 같다고 하였다. 세상에서 높다고 자부하는 많은 산들과 셀 수 없이 많은 이름 없는 산들을 모두 천왕봉을 향해 엎드린 백성들에 비유하였다. 천왕봉은 백두에서 뻗어 와 국토의 남단에 자리 잡은 그 위용만으로도 이미 제왕으로서의 존재감을 드러내고 있는 것이다.

뭇 봉우리 백두에서 멀리멀리 달려오다	衆峯來自白頭遠
그 중 한 맥이 바닷가에 우뚝하게 그쳤도다.	一脉終窮蒼海唇
한데 엉킨 땅의 정기 여기 모두 뭉친 뒤에	磅礴坤精於此蕃
종횡으로 뻗어나길 어찌 그리 머뭇거렸는지.	縱橫天步一何迍
동쪽의 천 봉우리 제후처럼 복종하고	千山東散詣侯服
남쪽의 만 리 능선 천자가 순행하듯.	萬里南馳天子巡
큰 깃발 높은 깃발 군대가 사열한 듯	大纛高牙森隊伏
날고뛰는 참마·복마 천리마가 나열한 듯.	飛驂舞服列騏駰
조정의 많은 관리들 품계 따라 정렬한 듯	朝班濟濟千官品
사해의 빛나는 보배 조정에 가득한 듯.	庭實煌煌四海珎

〈유몽인柳夢寅, 「유두류산백운遊頭流山百韻」〉

천왕봉을 중심으로 한 주변의 모든 형상을 천자와 견주어 표현하였다. 이는 남효온이 천왕봉에 올라 지리산이 인간에게 주는 모든 이로움을 세세히 거론한 후 "대개 높고 큰 산은 움직이지 않고

그 자리에 있지만 인간에게 주는 이로움은 이처럼 풍부하다. 이는
마치 성인聖人이 의관을 정제하고 두 손을 맞잡은 채 앉아 제왕으로
서의 정사를 직접 행하지 않더라도, 재성보상裁成輔相의 도를 베풀
어 백성을 도와주는 것과 같은 이치이다. 심하구나, 지리산이 성인
의 도와 같음이여!"라고 극찬한 것과 상통한다. 일일이 정사를 돌
보지 않더라도 존재 그 자체만으로도 세상을 다스리고 백성들의
공경을 받는 성인, 지리산 천왕봉은 바로 성인聖人의 산이었던 것이
다. 그러므로 성인의 산에 오른 사람은 누구나 성인의 마음을 품게
마련이다.

> 존엄하구나 천왕봉이라 일컬음이여
> 의미있구나 일월대라 명명함이여.
> 동방의 삼신산 중 이 산이 제일이니
> 탐라의 영주산 관동의 봉래산 말하지 말게.
> 온 산 가득 검푸른 빛 완상할 만하고
> 기화요초 나날이 자라고 피어나네.
> 속세 사람들 어찌 감히 에 와서 구경하랴
> 응당 신선들이 내려와 배회하고 있을 텐데.
> 시절은 팔월이라 날씨는 서늘한데
> 먼 곳에 있던 나는 어찌하여 왔는가.
> 나는 속세를 벗어나고픈 큰 꿈을 품고서
> 바람을 타고 구해를 뛰어 넘고 싶었네.
> 원대하게 품었던 그 소원 이루려고
> 호방하게 멀리 와서 오르고 또 올랐네.

하늘의 문 두드려 상제께 기원하노니
마시고 또 마시게 경장을 내리소서.

尊嚴兮以天王稱其峰兮　　　有意哉以日月名其臺
此特東海外三神之第一兮　　愼莫道耽之瀛關之萊
滿山蒼翠之佳可賞兮　　　　瑤草一長兮琪花開
塵人俗子安敢到底而遊觀兮　應有仙翁兮下降而徘徊
時維八月之天氣凉兮　　　　嗟我遠道之人胡爲乎來哉
我有出塵之遐想兮　　　　　每欲御泠風而超九垓
今乃志願之及伸兮　　　　　浩然長往兮陟崔嵬
上扣天關兮祈上皇　　　　　願借瓊漿兮一盃復一盃

　단성丹城에 살던 박래오朴來吾 1713~1785가 천왕봉에 올라 읊은 「두
류가頭流歌」이다. 그는 1752년 8월 10일부터 19일까지 10일 동안
단성을 출발, 덕산 → 중산리 → 천왕봉 → 제석봉 → 칠불사 → 신
흥사 → 쌍계사 → 화개를 거쳐 단성으로 돌아오는 코스로 지리산
을 유람하였다. 박래오의 유람에는 문중의 동생 박래수朴來叟·박
향초朴享初·박형초朴亨初 및 벗 이성년李聖年이 동행했는데, 이들은
가는 곳마다 수십 편의 시를 남겼다.

　박래오는 천왕봉을 하늘과 땅의 기운이 들고나는 곳으로, 또한
우주만물을 생성시키는 원기가 모여 있는 곳이라 하여 그 존엄함
을 피력하였고, 나아가 삼신산 가운데 최고봉이라 칭송하고 있다.
곧 천왕봉은 사람으로 하여금 상제上帝와 같은 성인의 마음을 품게
하고, 그리고 그처럼 드넓은 이상을 이루고자 하는 꿈을 갖게 하였

던 것이다.

그대는 보지 못했는가 방장산 위의 제일봉을
이 봉우리 한 번 오르면 만 리를 보고 온 세상 품게 되지.
하늘은 높은 줄 모르고 세상이 넓은 줄만 알지
산은 겹겹이 늘어서고 바다는 넘실넘실 물결치네.
보잘 것 없는 이 한 몸 높이 올라 사방을 바라보니
무엇인들 우리 가슴 속에 포용하지 못하랴.
오늘 그대와 일월대에서 실컷 취할지라도
세상 사람들 천왕봉 위의 구름만 보겠지.

君不見方丈山上山上峰　　　一上此峰使人萬里眼八荒胸
天不覺高只覺大覆之有餘　　山重重海重重
余乃一身渺然而高視兮　　　孰非吾人腔子裡所包容
今日與君轟飲日月臺　　　　世人但見此峰之上雲溶溶

승려 응윤應允 1743~1804의 「두류산회화기頭流山會話記」에 나오는 시
로, 1803년 8월 당시 옥천군수와 함양군수 일행이 지리산을 유람한
다는 소식을 듣고 실상사에서 만나 그들과 다수의 시를 주고받았
는데, 이는 그중 옥천군수가 지은 것이다. 천왕봉에 오르면 넓은
세상을 가슴에 품게 되어 세상사 모든 것을 포용하지 못함이 없다
고 하였다. 바로 성인聖人의 마음을 품게 되는 것이다. 지리산 천왕
봉은 추구해야 할 최고 목표인 성인의 경지를 대표하는 신성神聖함
의 상징이었던 것이다.

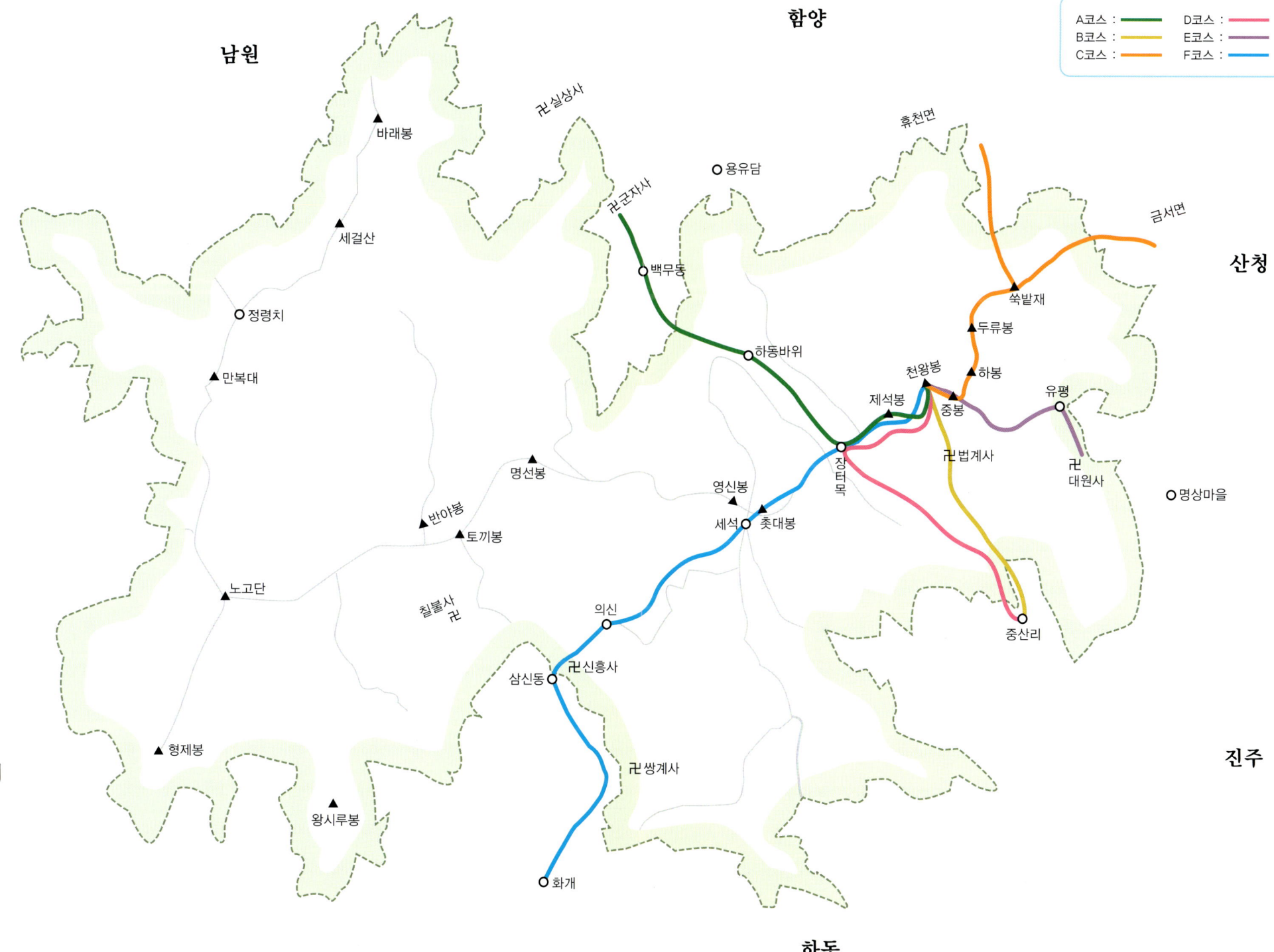

남원

함양

산청

진주

하동

구례

바래봉

세걸산

정령치

만복대

실상사

용유담

휴천면

금서면

군자사

백무동

하동바위

쑥밭재

두류봉

천왕봉

하봉

제석봉

중봉

유평

법계사

대원사

명상마을

명선봉

영신봉

장터목

반야봉

세석

촛대봉

토끼봉

노고단

칠불사

의신

신흥사

삼신동

형제봉

쌍계사

왕시루봉

화개

A코스 :		D코스 :
B코스 :		E코스 :
C코스 :		F코스 :

천왕봉에 오르는 길

    현재 개발된 지리산 등산로는 전문 산꾼들이 다니는 코스까지 포함하면 그 수를 헤아릴 수 없겠지만, 알려진 산행 코스는 대략 열대여섯 종류가 있는 듯하다. 그러나 기록에 나타난 선현들의 지리산 등정 중 현재의 주능선 코스를 비롯해 칠선계곡 등으로 오르내린 기록은 보이지 않는다. 천왕봉이 최종 목적지인 경우라면 출발지에 따라 그 오르는 과정이 다를 수 있지만, 천왕봉을 중심에 두고 본다면 선현들의 지리산 천왕봉 산행은 대략 다음 6가지 코스로 집약할 수 있다.

A코스 : 백무동 → 하동바위 → 제석당(장터목) → 천왕봉
B코스 : 중산리 → 법계사 → 천왕봉
C코스 : 함양군 휴천면 또는 산청군 금서면 → 쑥밭재 → 하봉 → 중봉 → 천왕봉
D코스 : 삼신동 → 세석평원 → 제석당 → 천왕봉
E코스 : 대원사 → 중봉 → 천왕봉
F코스 : 중산리 → 장터목 → 천왕봉

A코스는 주로 함양이나 산청 멀게는 운봉 인월에서 출발한 유람자가 즐겨 애용하던 등산로이다. 주로 용유담 → 군자사 → 하동바위 → 제석봉 → 천왕봉으로 이어지는 여정이며, 선현들 중 이 코스로 등반한 이는 양대박·박여량·박장원·오두인·허목·이동항 등이다. 양대박은 운봉 인월에서, 박여량은 함양에서, 이동항은 경북 성주星州에서 출발하였는데, 출발지가 다를 뿐 모두 군자사 → 용유담 → 하동바위 등을 거쳐 천왕봉에 올랐다.

이동항은 성주에서 출발해 합천·거창·함양을 거쳐 백무동으로 천왕봉에 올랐다가, 함양에서 다시 산청山淸 환아정換鵝亭을 구경하고 덕산으로 들어가 남명 유적지를 두루 유람하였다. 지리산권역의 북쪽과 동쪽을 거의 다 둘러보는, 무려 44일간의 장대한 유람이었다. 박장원은 안의현감安義縣監으로 내려 온 1643년 8월 20일부터 7일 동안 천왕봉에 올랐고, 허목 또한 1640년 9월 천왕봉을 유람하고 청학동까지 둘러 본 것으로 보인다. 이 길은 현재까지도 많은 사람들이 애용하는 코스이다.

B코스는 현 경상남도 산청군 시천면 중산리에서 시작하는데, 천왕봉까지 오르는 가장 짧은 거리의 등산로이다. 짧은 거리라 시간이 단축되는 장점이 있고, 그래서 일정이 촉박한 유람자가 즐겨 애용하던 코스이다. 건각이라면 당일에 다녀올 수 있는 코스이다. 그러나 어느 코스보다 경사가 가파른 힘든 코스인지라, 물리적 거리가 짧다는 사실만으로 쉽게 시도할 일은 못된다.

예전 선비들도 즐겨 이 코스를 애용하였다. 조선초기의 이륙李陸

▲법계사에서 본 문창대
◀칼바위

에서부터 김일손金馹孫·정식鄭栻·박래오朴來吾·안치권安致權·강병주姜炳周·송병순宋秉珣·하종락河鍾洛·이수안李壽安·이보림李寶林·이갑룡李甲龍 등 조선후기까지 일관되게 나타난다. 기록상으로는 가장 선호한 코스라 할 수 있다. 현 중산리 주차장에서 시작하여 칼바위[劍巖]을 지나 망바위·법계사를 거쳐 천왕봉에 올랐다. 현재는 망바위로 오르는 이 코스보다 좀 더 완만한 순두류順頭流 쪽을 택하는 경우가 많은데, 시간이 다소 더 걸리더라도 훨씬 여유로운 산행이 될 수 있다. 실제 산청 단성丹城에 살았던 의재宜齋 곽태종郭泰鍾 1872~1940이 순두류로 오른 후 유람록을 남기기도 하였다. 깎아

지른 절벽 같은 가파른 산행길이나 법계사를 지나 천왕봉으로 오르는 길목에서 바라보는 툭 트인 바다 전경이 이 코스의 또 다른 진경眞景이기도 하다.

선현들이 이 코스를 선호한 또 하나의 이유는 바로 덕산德山에 있는 남명南冥 유적지 때문이다. 덕산은 중산리에 이르기 전 반드시 거쳐야 하는 곳으로, 남명 조식이 만년에 기거했던 곳으로도 유명하다. 그곳에는 남명이 만년에 살았던 산천재山天齋를 비롯해 그의 묘소, 사후 그를 추향한 덕천서원 등 남명과 관련한 유적이

산천재에서 본 천왕봉

곳곳에 남아 있다. B코스로의 지리산 천왕봉 등반은 바로 남명을 만나러 가는 길이라 해도 과언이 아니다. 조선시대 선비들이 본받아야 할 영원한 스승인 남명 조식과 민족의 영산靈山 지리산을 한 번에 만날 수 있는 코스, 기왕 나선 길이라면 이 길을 버리고 어디로 가겠는가.

중산리에서 등반을 시작하는 코스 중 칼바위[劍巖]에서 장터목을 거쳐 천왕봉으로 오르는 길이 바로 F코스이다. 현재는 법계사로 올랐다가 제석봉·장터목을 거쳐 검암으로 내려오거나, 이의 반대 코스를 당일 일정으로 오르는 경우가 흔하다. F코스로 오른 선현으로는 유문룡·하익범 등이 있다. 유문룡은 올랐던 코스로 되돌아 내려왔고, 하익범은 천왕봉에서 세석평원을 거쳐 칠불암으로 내려갔다.

C코스는 지리산 동부능선의 끝자락에서 천왕봉으로 오르는 경우로, 주로 쑥밭재[艾峴]를 경유해 하봉과 중봉을 차례로 거쳐 정상에 오른다. 출발지는 주로 함양군 휴천면이나 산청군 금서면에서 시작되고, 하봉에서 바라보는 중봉과 천왕봉의 조망이 일품이다. 김종직·변사정邊士貞·유몽인柳夢寅·김영조金永祖 1842~1917·배찬裵瓚 1825~1898 등이 이 코스로 유람하였다. 김종직과 배찬은 함양과 산청 방곡芳谷에서 쑥밭재를 지나 천왕봉에 올랐고, 나머지 세 사람은 쑥밭재를 거치지 않고 두류암頭流庵을 거쳐 중봉을 경유해 올라갔다. 두류암은 이 코스를 통해 등·하산을 하는 유람자들에게 숙식을 제공하던, 없어서는 안 될 중요한 사찰이었다. 1871년 9월에

있었던 배찬의 유람에도 두류암을 경유하였으니 조선후기까지 실전했던 것으로 보이나, 언제 폐사되었는지 알 수 없다.

D코스는 청학동을 찾아 화개동과 삼신동에 들렀다가 영신봉을 거쳐 세석평원 → 장터목 → 천왕봉으로 오르는 코스로, 앞의 청학동에서 자세한 논의가 있었으므로 여기서는 다시 언급하지 않기로 한다.

E코스는 산청이나 덕산에서 시작하여 대원사大源寺를 거쳐 중봉·천왕봉으로 오르는 길이다. 주로 허유許愈·정재규鄭載圭·김학수金學洙·박치복朴致馥·조성렴趙性濂 등에게서 보인다. 허유·박치복·조성렴·정재규는 덕산을 지나 대원사를 거쳐 올라갔고, 김학수는 산청에서 중봉으로 올랐다가 대원사를 경유해 내려왔다.

이 코스의 핵심은 대원사이다. 승려 응윤應允 1743~1804이 쓴 「대원암기大源庵記」에 의하면, "이 절의 본래 이름은 평원사平原寺였는데 후에 대원사로 바꾸었다. '대원大源'의 뜻은 대개 진주 서쪽 물줄기의 근원으로는 이 시내보다 더 큰 것이 없다는 의미이다. 그런데 후세 사람들은 '도의 큰 근원은 하늘에서 나온다'는 뜻을 취했다. 그러므로 법당의 이름을 '천광전天光殿'이라 하였고, 누각의 이름을 '운영루雲影樓'라 하였다."라고 하였다. 그 오래된 역사와 주변 계곡의 아름다운 풍광으로 인해 이쪽 방면의 유람에서는 빼놓을 수 없는 유적지가 되었는데, 특히 조선후기 성리학자들이 도道의 근원을 찾고자 하여 즐겨 유람하였다.

대원사

　하산 길은 어떠했는가. 대체로 천왕봉이 목적지였다면 올랐던
길을 그대로 하산하는 경우가 일반적이며, 천왕봉과 청학동 유람
이 목적이라면 주로 영신봉·세석을 거쳐 칠불사나 삼신동으로 내
려가거나, 혹은 그 반대로 세석을 거쳐 천왕봉에 오르는 경우가
일반적이었다. 간혹 박여량의 경우처럼, 함양에서 출발하여 용유
담·군자사를 지나 천왕봉에 올랐다가 중봉·쑥밭재를 거쳐 다시
함양으로 되돌아가기도 하였다.

지리산 등반의 베이스캠프, 군자사

A코스에서 반드시 거쳐 가는 곳은 용유담龍游潭과 군자사君子寺
다. 용유담은 현 경상남도 함양군 마천면 임천강 상류에 있는 못의
이름으로, 바위 협곡에 움푹 패여 그 깊이가 수십 길이나 된다고
한다. 허목許穆의 「지리산기智異山記」에 의하면, "백장암百丈菴 남쪽의
군자사는 지리산 북쪽 기슭에 있는 오래된 절이다. 그 아래 용유담
은 홍수나 가뭄 때 기우제 지내던 곳이다. 용유담의 물은 반야봉
아래에서 발원하여 동쪽으로 흘러 임천강이 되고, 또 다시 동쪽으
로 흘러 용유담이 된다."고 하였다.

조구명趙龜命 1693~1737은 1724년 8월 1일부터 3일 동안 용유담 →

용유담 전경

용유담 주변의 기암

군자사 → 천왕봉 → 실상사로 향하는 지리산 유람을 하였다. 그는
이 일정에서 용유담을 구경한 일정만을 따로 분리하여 「유용유담
기遊龍游潭記」를 지었고, 이후 군자사부터 천왕봉을 거쳐 실상사로
돌아오는 일정을 「유지리산기遊智異山記」로 엮었는데, 이를 보면 그
가 용유담에서의 감회에 남다른 의미를 두었음을 알 수 있다.

　조구명은 「유용유담기」에서 지리산의 북쪽 경관 중 이 용유담
이 가장 빼어나다고 언급한 후 용유담 가의 기괴한 바위모양을
설명하였는데, "둥글고 타원형인 것은 패옥佩玉 같고, 움푹 파인 곳
은 술잔과 술통 같았다. 그 너머 몇 길이나 되는 바위에는 길 같은
흔적이 굽이굽이 이어져, 마치 용이 머리를 숙인 듯 꼬리를 치켜든
듯하였다. 갈고 다듬은 듯 반질반질하여 그 형상이 지극히 괴이하

였다. '용유담'이라는 이름은 이러한 데에서 생겨난 것이다."라고
하여, 용유담의 유래를 언급하고 있다. 곧 용유담 주변의 바위에
난 흔적에서 그 유래를 찾은 것이다.

양대박梁大樸 1544~1592은 유람 나흘째 되던 날 군자사에서 자고
악공과 기생을 동행한 채 용유담으로 향했다. 그 빼어난 경관에
가슴이 두근거리고 넋이 나갈 지경이었으며, 또한 가까이서 구경
하기보다는 멀리서 바라보는 것이 더 좋다고 평하였다. 그의 일행
은 그 황홀한 광경에 한 마디 말도 못한 채 "위대하구나. 조물주가
이 경관을 만들어 냄이여. 비록 한유韓愈나 이백李白이 이 자리에
있다 하더라도 수수방관하며 한 마디도 못했을 것인데, 하물며 우

리들이 어쩌겠소. 차라리 시를 읊기보다는 우선 여기서 술이나 한 잔 마시는 것이 더 좋겠소."라고 하면서, 음악을 연주하고 노래를 부르게 하여 술잔만 기울이다가 돌아갔다. 진정한 자연의 아름다움은 한유나 이백 같은 뛰어난 문장가나 시인이라도 자신들처럼 무어라 표현할 수 없을 것이라 하여 스스로를 위로하고 있다. 양대박은 용유담이 금강산의 만폭동과 비교해도 손색이 없다고 자부하였다.

군자사는 본래 절 앞에 신령스런 우물이 있어 영정사靈井寺 혹은 영정사靈淨寺라 이름하였다. 신라 진평왕眞平王이 즉위하기 전에 어지러운 조정을 피해 이 절에 와 거처하였는데, 그때 왕비의 원당願堂으로 사용하였다. 왕위를 계승할 후사後嗣가 없었던 진평왕은 왕비가 이곳에서 태자를 낳자, 절 이름을 군자사로 고쳤다고 한다. 이곳의 삼영당三影堂에는 서산대사西山大師 휴정休靜, 사명대사四溟大師 유정惟政, 청매대사靑梅大師 인오印悟의 초상화가 있었다.

조구명의 기록에 의하면, 군자사는 함양 방면에서 천왕봉에 오르는 지리산 등반에서 베이스캠프base-camp 같은 전진기지였다. 수많은 유람자들이 이곳에 들러 숙식을 비롯해 산행의 온갖 어려움을 해결하였다. 천왕봉으로 오르는 길목인데다 용유담과 멀지 않았기 때문에 이쪽 방면의 유람에서는 반드시 들러 산행을 점검하거나 물자를 지원받는 장소였다.

군자사 승려들은 그들의 요구를 들어주지 않을 수 없었다. 이처럼 거듭되는 사대부의 유람뿐만 아니라 나라의 부역 또한 만만치 않아, 군자사는 점점 황폐해졌다. 양대박의 기록에 의하면, 그가 군자사에 들렀을 때 행랑채는 반쯤 무너지고 불전이 적막하였다. 그 까닭을 물으니, 그 곳의 승려가 "유람객들이 연이어 찾아오고 관청의 부역이 산더미처럼 많으니, 중들이 어찌 줄어들지 않을 것이며, 절이 어찌 옛 모습 그대로 보존할 수 있겠습니까."라며 하소연하였다. 사찰이 유지될 수 없을 만큼 많은 유람자들이 찾아왔고, 이들의 뒷바라지에 사찰이 피폐해졌음을 알 수 있다. 현재 군자사는 폐사되어 그 흔적조차 찾을 수 없지만, 유산기나 문헌 기록에 의하면 1800년대까지도 실전했던 것으로 보인다.

여기서 잠시 지리산권의 사찰과 승려에 대한 조선시대 선비의 의식을 언급해 본다. 지리산은 우리나라 어떤 명산보다도 사찰이 많은 곳으로, 불교사찰박물관을 방불케 한다. 지리산 유람에 있어 사찰과 승려의 역할은 절대적이었다. 지리산 속의 수많은 사찰은 유람자에게 숙식을 제공하였고, 승려는 길 안내는 물론 산 속에서 만나는 온갖 어려움을 해결해주는 든든한 후원자였다.

조선은 유교를 국시國是로 삼는 나라였으므로 사찰과 승려의 역할이 위축되었던 것은 사실이다. 그러나 조선시대 선비들은 배불사상排佛思想을 지녔지만, 개인적 친교에 있어서는 승려와의 교유가 꽤나 두터웠다. 인근 사찰의 승려가 행각行脚을 떠나기에 앞서 시詩를 청하기도 하고, 승려를 인편 삼아 멀리 있는 벗에게 소식을 전하는 등 양자의 관계는 다양하게 지속되었다. 배불사상에 걸맞지 않게 불교사상을 존중하는 면모를 보인 유학자의 작품도 간혹 보인

군자사 터(추정) 군자마을 노인에 의하면
집 뒤쪽의 대숲까지 모두 절터였다고 한다

다. 이들은 배불排佛을 추구하면서도 개인적으로는 서로를 인정하
고 필요로 하는 이중적 관계를 가지고 있었던 것이다.

그럼에도 불구하고 유산기에 나타난 불교 인식은 비판적 시각
으로 일관된다. 유람 도중 만나는 사찰과 암자 혹은 승려의 행태를
통해 유학자로서의 인식을 표출하였는데, 대체로 승려의 혹세무민
을 비판하는 것이었다.

어우於于 유몽인柳夢寅은 지리산권역에서 혹세무민의 대표적 소
굴로 천왕봉의 성모사聖母祠, 백무동白巫洞의 백무당白母堂, 그리고 용
유담 가에 있던 용유당龍游堂을 지적하였다. 그는 "짐승을 잡는 것
은 불가佛家에서 금하는 것이라 핑계하여, 기도하러 온 사람들이

용유담 기도처 지금도 용유담 가에는 기도하고 제사지낸 흔적이 곳곳에 남아 있다

소나 가축을 산 밑의 사당에 매어놓고 가는데, 무당들이 그것을 취하여 생계의 밑천으로 삼는다."고 한 후, 참으로 분개할 만한 일이라 하였다.

법당 안에 어떤 물건 있던가?	堂中有何物
서남쪽에 석불이 앉아 있네.	西南壁下坐石佛
끝없이 복을 비는 사람들	便有無窮求福人
갓을 벗고 합장한 채 연신 절하네.	脫冠攢手拜僕僕
원근의 사람들 남녀노소 할 것 없이	遠近男女老少
곡식을 퍼 가지고 비단을 싸 가지고	嬴糧齎帛
끊임없이 꾸역꾸역 이 절로 찾아오네.	綿綿焉延延焉

먼저 온 사람은 내려가고	前來者下
뒤에 오는 사람은 올라오며	後來者上
뜰 채우고 길을 메워 끊일 때가 없다네.	盈庭塡路無時絶
심하구나 혹세무민 속이는 말들이여	甚矣惑世誣民之說
어리석은 백성들이 너도나도 빠져드네.	能使愚氓競陷溺

성여신成汝信의 「유두류산시遊頭流山詩」의 일부로, 불교에 대한 그의 부정적 시각을 엿볼 수 있다. 불가의 혹세무민하는 말로 인해 무지한 백성들이 곡식을 싸들고 복을 빌러 와서는 연신 절을 하는 모습을 상상할 수 있다. 박여량 또한 임진왜란 이후 지리산에 사찰과 사당이 많이 생겨났으며 그들의 행태는 나라에서도 금지할 수 없는 형편이라 하였다. 이러한 혹세무민을 비난하는 의식은 조선 후기까지도 그대로 나타난다.

남명을 만나려거든 덕산으로 가라

덕산은 중산리로 들어가는 길목에 있어 천왕봉을 목표로 한 지리산 유람자가 반드시 거쳐 가는 곳이었다. 덕산으로 남명을 찾아가려면 그 길목의 초입에 있는 입덕문入德門·도구대陶丘臺·탁영대濯纓臺·백운동白雲洞 계곡·세심정洗心亭·취성정醉醒亭·송객정送客亭·면상촌面傷村 등을 모두 남명의 유적에 포함시킬 수 있다. 덕산은 지리산권역의 유교문화 유적지로 널리 알려져 있다.

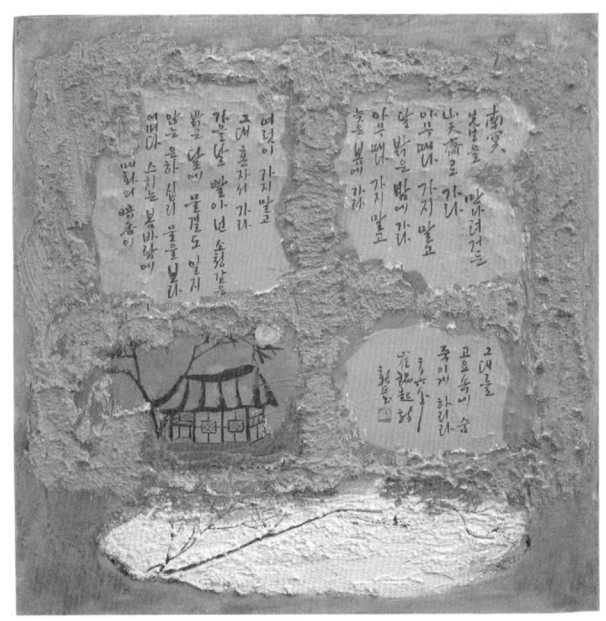

남명을 만나려거든
(윤효석 작)

산청 단성에서 중산리 방면으로 남사南沙 마을을 지나면 하동 옥종玉宗에서 오는 길과 합쳐지고, 그곳에서 조금 더 중산리 방면으로 들어가면 왼쪽 강가에 불쑥 튀어나온 언덕이 보인다. 이곳이 바로 도구대다. 본래 오른쪽의 산과 연결된 언덕이었는데, 그 가운데로 길이 뚫리면서 그 장엄한 감은 다소 떨어진 듯하다.

이곳은 남명의 문인 도구陶丘 이제신李濟臣 1510~1582이 의령宜寧 자굴산 아래에서 살다가 남명의 유풍을 흠모하여 이곳에 은거함으로써 붙여진 이름이다. 눌암訥庵 박지서朴旨瑞 1754~1819가 쓴 도구대의 풍광을 살펴보면, "이곳은 대체로 덕산에서 첫 번째로 만나는 곳으로 제일의 아름다운 경치이다."라고 하였다.

도구대 전경

　도구대 모퉁이를 돌아가면 오른쪽에 나타나는 계곡이 바로 백
운동으로 들어가는 초입이다. 그곳에서 약 3km 가량 올라가면 '백
운동白雲洞'·'영남제일천석嶺南第一泉石'·'남명선생장구지소南冥先生
杖屨之所'라 새긴 석각을 찾을 수 있다. 남명이 이 백운동을 세 번
유람하여 '삼유동三遊洞'이라 부르기도 한다. 남명은 백운동을 유람
하면서 초입에 소나무 한 그루를 심었는데, 이후 이 지역 사람들은
백운동을 유람하면서 그 소나무를 보고 남명을 그리워하고, 또 이
를 기념하는 행사를 치르기도 하였다.

　남명 사후 300여 년이 지난 1892년 단옷날, 그 소나무 근처 바위
에 '남명선생장구지소' 여덟 글자를 새기는 행사를 치른 것이다.

물천勿川 김진호金鎭祜 1845~1908는 이 일을 기록하여, "백운동 입구에 또한 손수 심어 놓은 고송古松이 있는데, 선생이 돌아가신 뒤로 지금까지 322년이나 된다. 그런데도 울창한 소나무는 의젓하게 추위에도 꿋꿋하여, 인인仁人·지사志士가 병화兵火와 시운時運이 바뀌는 변화를 겪으면서도 강건하고 굳세게 꺾이지 않는 기상이 있는 것과 같은 풍모가 있다. 그러니 또한 우러러 공경할 만하다."라고 하였다.

그러나 지금 그 소나무는 남아 있지 않고 석각만 전하고 있다. 이후에도 수많은 선비들이 이 백운동을 찾아 남명을 그리워하고 그의 정신을 본받으려 하였다. 특히 만성晚醒 박치복朴致馥 1824~1894, 단계端磎 김인섭金麟燮 1827~1903, 석범石帆 권헌기權憲璣 1835~1893, 소계小溪 유도기柳道夔 ? ~ ?, 월고月皐 조성가趙性家 1824~1904, 약헌約軒 하겸락河兼洛 1825~1904, 동료東寮 하재문河載文 1830~1894 등은 이 백운동을 즐겨 찾아 시를 짓곤 하였는데, 이들을 일러 '백운동칠현白雲洞七賢'이라 불렀다고 한다. 그 외에도 지리산 인근에 살면서 지리산을 유람했던 박래오朴來吾·이교우李敎宇·허유許愈·정재규鄭載圭·하계락河啓洛·권봉현權鳳鉉·이상규李祥奎 등 수많은 사람들이 이곳을 찾아 남명을 그리워하였다.

백운동 입구를 돌아 덕산으로 들어가다 보면 오른쪽에 '입덕문入德門' 세 글자가 새겨진 바위가 보인다. 본래 이 바위는 덕천강德川江 가의 벼랑에 있었는데, 길을 내면서 떨어진 것을 이곳에 세웠다고 한다. 이 글씨는 남명의 문인 배대유裵大維 1563~1632가 쓴 것으로,

입덕문

이제신李濟臣의 글씨라 잘못 전해지고 있다.

입덕문이란 남명이 있는 곳, '덕이 있는 곳으로 들어가는 문'이란 의미로, 이곳을 지나는 사람은 이 바위를 그냥 지나치지 않았다. 따라서 이 입덕문을 지날 때 남명을 아는 선비라면 시를 짓지 않는 사람이 없을 정도로 많은 작품을 남겼다. 그 내용은 남명을 떠올리고 도道를 생각하고 세상을 걱정하는 것으로 일관되게 나타난다.

남명 사후 4년 뒤인 1576년 문인들이 그가 만년에 은거했던 산천재山天齋에서 그리 멀지 않은 곳에 덕천서원德川書院을 세웠다. 그 서원 앞의 시내가 바로 시천矢川이고 그 강가에 정자가 서 있는

세심정과 시비

데, 이것이 세심정洗心亭이다. 세심은 '마음을 씻는다'는 뜻이고, 『주역周易』에서 따온 말이다. 세심정은 남명의 문인 수우당守愚堂 최영경崔永慶 1529~1590이 1582년 건립하였다. 그 편액은 각재覺齋 하항河沆 1538~1590이 명명하였으며, 이후 최영경이 취성정醉醒亭으로 이름을 바꾸었다.

그런데 임진왜란을 거치면서 덕천서원이 불타고 세심정은 다행히 보존되었다. 이후 1609년 서원을 복원한 후 불에 타고 남은 덕천서원의 목재를 이용해 취성정 옆에 정자를 세우고 세심정이라 이름하였다. 이리하여 세심정과 취성정은 19세기까지만 해도 나란히 병존했었는데, 현재는 세심정만 남아 있다. 세심정이 지어진 이후 남명을 만나러 덕산에 들어온 사람들은 세심정에 올라 남명

천상소미성(윤효석 작)

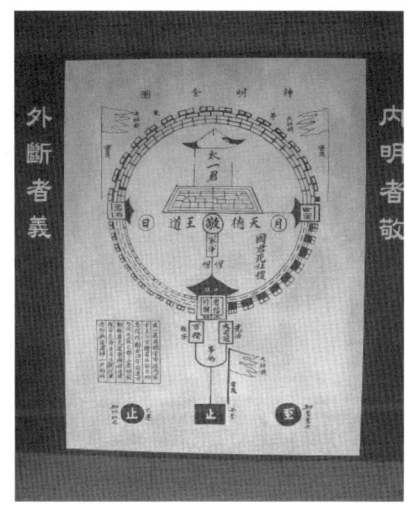

남명의 신명사도

의 정신과 기상을 회고하며 많은 작품을 남겼다.

현 덕천서원 앞 세심정 곁에는 남명의 시비詩碑가 세워져 있다. 이는 남명의 한시 가운데 대표라 할 「욕천浴川」이란 작품으로, 이 시비는 근래 세운 것이다. 덕천서원과 세심정 사이에 중산리로 통하는 도로가 뚫리면서 두 건축물 사이의 절묘한 조화를 훼손시키더니, 이젠 이 시비가 서원 앞의 경관을 더욱 격하시키고 있다. 이곳은 시비가 아니라 취성정이 들어설 공간이다. 세심정과 나란히 취성정을 복원하여, 그 옛날 수많은 선비들이 이곳을 찾아 남명을 그리워하고 그 정신을 배워가던 그런 장소로 회복시켜야 할 것이다.

남명의 유적지를 찾아 읊은 시편들은 무수히 많다. 그 몇 작품을 소개해 본다.

남명 선생은 백세의 영원한 스승	山海先生百世師
도를 거둬 품고 이 산 북쪽에서 늙고자 했네.	卷懷欲老山之北
화산의 반을 빌어 살려던 계책 어긋났지만	華山一半從相違
이 작은 골짝이 어찌 그 큰 덕을 포용하리.	小洞安能容大德

〈한유韓愈, 「백운동白雲洞」〉

하늘이 소미성을 시켜 해동에 빛나게 했지	天斡少微映海東
선생의 그 기상 누구와 더불어 같을까.	先生氣像與誰同
덕천의 맑은 물 천추의 달처럼 하얗고	德川水白千秋月
방장산 높은 봉은 백세의 풍도처럼 드높네.	方丈山高百世風
경의의 진결 위에서 넉넉히 노니셨고	優遊敬義眞詮上
신명사 한 집 안에서 고요히 함양하셨네.	涵養神明一舍中
만년에 와서 덕을 간직하고 수양하시던 곳	晩生來過藏修地
유학의 문과 길이 진실로 통한 줄 알겠네.	始信儒門路眞通

〈최익현崔益鉉, 「산천재차원운山天齋次元韻」〉

남명 선생 고풍을 일찍부터 흠모했지	山海高風夙所欽
높고 높은 방장산 멀리서 찾아왔네.	巖巖方丈遠來尋
섬돌 앞 늙은 회나무 구름 속에 솟았고	階前老檜干霄直
정자 밑의 차가운 못 달이 깊이 드리웠네.	亭下寒潭印月深
백 년 동안 도를 간직하고 닦던 곳이 적막해	百年寂寞藏修地
온종일 도덕의 숲에서 배회하누나.	盡日徘徊道德林
사당에서 절하자니 솟구치는 감정 더하고	祇拜遺祠增起感

사람들 완악하고 나약해지니 혼자서 상심하네.　士趨頑懦獨傷今

〈이원조李源祚, 「알덕천謁德川」〉

　위 시어에 등장하는 신명사神明舍·소미성少微星·경의敬義 등은 남명을 이해하는 중요한 키워드로, 위의 시에서 표현된 의미 또한 대동소이하다. 남명의 흔적이 남아있는 유적을 찾아 남명을 그리 워하고, 그가 남긴 풍도와 정신을 계승하려 다짐하는 내용이다. 이런 정신은 대체로 경상우도 지역의 학자에게서 많이 나타나고, 남명의 학덕을 사모하여 먼 곳에서 찾는 사람들도 종종 있었다. 마지막 시는 경북 성주에 살던 응와凝窩 이원조李源祚 1792~1872가 덕 천서원을 배알하고 지은 것이다.

　이러한 유적들을 따라가다 보면, 덕산 일대는 이 자체만으로도 남명 관련 유람 코스가 형성된다. 실제 조선후기로 갈수록 경상우 도 학자들을 중심으로 남명 유적지를 찾아 순례하는 일들이 잦았 다. 결국 덕산 일대는 남명이 우거한 1561년 이후 그저 지리산 자락의 골짝에 불과했던 것이 남명이라는 명인名人을 만나 명승으 로 탈바꿈했으며, 그 명성은 현재까지도 지속되고 있다. 덕산은 지금도 매년 수많은 사람들이 찾아 와 남명을 만나고 그의 정신을 배워간다.

하늘 아래 첫 숙소, 성모당

필자는 2005년 처음 중국 태산泰山을 밟았다. 공맹孔孟의 유학儒學을 공부해 오던 동학同學들이 함께 오랫동안 계획하고 준비하여 실행에 옮긴 여행이었다. 자신들의 학문적 근원을 찾아나서는 뜻깊은 자리였다. 중국 산동성山東省 곡부曲阜와 추성鄒城을 중심으로 공자·맹자의 유적지를 순방하는 자리였다. 공자의 위폐를 모신 공묘孔廟, 그 후손들의 저택인 공부孔府, 공자 집안의 씨족 묘지인 공림孔林, 맹자의 위폐를 모신 맹묘孟廟, 안연顔淵의 위폐를 모신 안묘顔廟와 누항陋巷 등을 둘러보았다. 평소 책을 통해서만 인식하고 가르쳐 왔던 것들을 현장에서 확인하는 그 신선함은 참으로 큰

중국 태산 정상

감동이었다. 비록 후대에 다듬어지고 조작된 것이 있다 할지라도 현장에서 보고 느끼고 생각하고 가 늠할 수 있다는 건 또 하 나의 새로운 출발이었다.

태산의 첨로대

무엇보다 태산에 올랐 을 때의 그 감회를 잊을 수 없다. 비록 정상까지 케이블카로 이동했지만, 태산에 오른다는 그 사실만으로도 가슴이 벅찼다. 그런데 1545m의 태산 꼭대기에 또 하나의 세상이 있었다. 꽤나 널찍한 평지에 역대 임금이 하늘에 제사 모시던 제단祭壇과 사묘祠廟를 비롯해 상점·숙소·통신시설 등이 늘어서 있었다.

태산은 면적이나 높이 등에 있어 지리산과 자주 견주는 산인데, 정상의 주변 풍경은 사뭇 달랐다. 그곳에서 묵으며 태산의 일출을 볼 수 있다면 얼마나 장엄할까. 공자가 태산에 올라 노나라를 내려 다보고 천하를 작게 여겼다는 그 첨로대瞻魯臺에 서서 공자가 느꼈 을 그 감회를 마음 속 깊숙이 음미해 보고 싶었다.

과거 선현들의 지리산 유람은 어느 코스를 선택해 천왕봉을 오 르든 요즘처럼 당일로 다녀오기란 불가능하였다. 더구나 지리산 천왕봉 유람은 오랜 시간 준비하고 계획한 평생의 숙원이었기 때 문에, 한 번 나선 걸음을 헛되이 보낼 수 없었다. 천왕봉에 올라 세상을 조망하고, 일몰을 보고 월출을 구경하였다. 그리고 무엇보다 일출을 염원하였다.

그러기 위해서는 천왕봉 부근에서의 숙박은 피할 수 없는 선택이었다. 1915m의 천왕봉은 중국 태산 꼭대기와 달리 평지가 넓지 않다. 이륙李陸의 기록에 의하면 "천왕봉 위는 평평하고 넓어서 수십 보나 되었다."고 하였으나, 그곳에는 숙소가 들어설 공간도 없을뿐더러 바람을 가릴 변변한 바위조차 마땅하지 않다. 요즘과 달리 선현들의 유람은 짐꾼을 포함해 부리는 사람을 많이 대동하여 그 인원이 만만치 않았다. 그렇다면 그 많은 사람들은 천왕봉 어디에서 밤을 지새웠을까?

기록에 의하면 조선중기까지만 해도 천왕봉 서남쪽 공터 아래에 성모사聖母祠가 있었는데, 그곳이 천왕봉 일대의 유일한 숙소였다. 천왕봉 등정에서의 마지막 캠프라 할 수 있다. 먼저 『신동국여지승람』에 나오는 성모사에 대한 기록을 살펴보자.

성모사는 지리산 천왕봉 꼭대기에 있다. 사당에 성모상聖母像이 있는데, 그 정수리에 칼자국이 나 있다. 속설에 "왜구가 우리 태조에게 패하여 어려운 지경에 처하자, 천왕天王이 자기들을 도와주지 않는다고 여겼다. 그래서 분함을 참지 못하여 성모상에 칼질을 하고 물러갔다."라고 한다.

이 기록대로라면 성모사는 천왕봉 꼭대기에 있으며, 그 안에 성모상이 모셔져 있다는 것이다. 이 석상을 누가 언제 만들었는지는 정확치 않다. 다만 성모 상은, 불가에서는 석가모 니의 어머니 마야부인摩耶 夫人으로 인식하였고, 산 인 근의 사람들은 모두 천왕 성모라 여기던 신상神像이 었다. 질병이 있으면 가서 기도하였고, 산속의 승려 들도 이 사당에 와서 성모 에게 제사지냈다. 그 외에 이러한 불가의 설을 부정 하고 이승휴李承休의 『제왕

천왕사 성모상

운기帝王韻紀』에 의거해 성모가 고려 태조의 어머니 위숙왕후威肅王后 라는 주장도 있었다.

따라서 역대로 지리산 성모의 실체에 대한 논란이 끊이지 않았 다. 그러나 이는 어디까지나 민간에서 조성되어 유행한 의식이었 을 뿐, 조선조 유학자들은 지리산신智異山神으로서 자연과 하늘에 대한 숭배의식이 가미된 장소로 인식하였던 듯하다. 김종직이 일 출을 볼 수 있게 해달라고 성모에게 제물을 차려놓고 기도하였던 행위는 이러한 의식에서 발로된 것이라 하겠다.

이러한 인식은 이후 성모사가 영남과 호남에 사는 사람들의 음 사淫祠가 되어 귀신을 숭상하는 풍습을 양성하는 데 대한 비판에서

도 확인할 수 있다. 예컨대 유몽인은 "인근의 무당들이 모두 이 성모에 의지해 먹고산다. 이들은 산꼭대기에 올라 유생이나 관원들이 오는 지를 내려다보며 살피다가, 그들이 오면 토끼나 꿩처럼 흩어져 숲 속에 몸을 숨긴다. 유람하는 사람들을 엿보고 있다가, 하산하면 다시 모여든다."라 하였고, 박여량은 "임진왜란을 겪은 뒤 사람들이 백에 하나도 남지 않을 정도로 죽어 마을이 쓸쓸해져서 다시는 옛날의 모습이 아닌데, 세상밖에 사는 무당이나 승려 같은 무리들은 옛날에 비해 더욱 번성하고 있다. 사찰로 말한다면 금대암·무주암·두류암 외에 영원암·도솔암·상류암上流庵·대승암大乘庵 등은 예전에 없었던 절이다. 사당으로써 말한다면 백모당·제석당·천왕당天王堂·성모사 등은 모두 옛날에 화려하게 지은 것이고, 용왕당龍王堂·서천당西天堂 등은 새로 지은 것이다. 노역을 피해 숨어든 무리와 복을 비는 백성들이 날마다 구름처럼 모여들어 봉우리와 골짜기에 낱알이 어지러이 널려 있는데도 나라에서 금지할 수 없으니, 참으로 탄식할 만한 일이다."라고 하여, 당시 성모사를 비롯한 지리산권역의 사당 및 사찰이 국가에서도 손 쓸 수 없을 만큼 성행하였음을 알 수 있다.

그렇다면 성모사는 어떤 모습이었을까? 이와 관련해서는 김종직과 박여량의 기록에 중요한 단서가 보인다. 김종직은 "사당 건물은 세 칸뿐이었다. 엄천리嚴川里 사람이 새로 지었는데, 나무판자로 지은 집으로서 못질이 매우 견고하였다. 이렇게 하지 않으면 바람에 날려가 버리기 때문이다."라 하였고, 박여량은 "봉우리 위에 판잣집이 있는데, 이 또한 전에 본 그 모습이 아니었다. 전에는 단지 한 칸으로 지붕은 판자를 덮고 돌로 눌러서 비바람에 날아가지 않을 정도였다. 그런데 지금은 그 규모를 넓혀 세 칸 집을 지었는데, 판자에 못을 박고 판자로 둘러친 벽 바깥에 돌을 에워싸 매우 견고하게 만들었다. 그 안에는 수십 명이 앉을 수 있었다."라고 기록하였다.

김종직이 성모사를 찾은 것은 1472년 8월 15일이고, 박여량은 1610년 9월 5일 천왕봉에 올랐다. 따라서 이들 사이에는 130여 년의 시간차가 발생한다. 결국 김종직이 머물렀던 성모사는 세 칸이었는데, 이후 성모사가 쇠락하여 한 칸으로 줄었다가 다시 세 칸으로 지어졌고, 더구나 한 칸이었을 때는 건물의 지붕을 제대로 잇지 못하고 돌을 얹어놓은 정도의 허름한 집이었음을 알 수 있다. 엄천리는 현 경상남도 함양군 휴천면 남호리 일대를 가리킨다. 곧 천왕봉 성모사는 세 칸짜리 판옥이며, 함양 사람이 지었다.

그런데 박여량의 기록에는 재미있는 이야기가 전한다. 그의 일행이 성모사에 도착하여 승려에게 저녁밥을 지으라고 했더니, 한 늙은 무녀가 '솥을 숨겨 밥을 할 수 없고 물통을 아래로 떨어뜨려 물을 길어올 수도 없다'고 하였다. 늙은 무녀가 선비들을 골탕 먹이려 한 짓이어서 배가 고파도 밥을 해먹을 수 없고 목이 말라도 물을 떠 마실 수 없게 된 것이다. 그 까닭을 물으니 다음과 같은 이야기를 들려준다.

상봉은 진주와 함양의 사이에 있어서 지역으로 말하면 천왕봉 중앙이 경계가 되고, 천왕당으로 말하면 사당의 중앙이 경계가 된다. 그러므로 사당을 짓고 판자를 덮은 사람은 함양의 화랑花郞인 남자무당이었고, 못을 박아 견고하게 한 사람은 진주의 늙은 무녀였다. 진주는 병영兵營이 있는 곳이고, 함양은 그 병영에 속한 군이다. 화랑과 무녀가 이익을 다투어 서로 싸우는 바람에, 이 봉우리의 사당이 싸움의 빌미가 되었다. 무녀는 사당을 진주의 것이라 하였고, 다른 일을 꾸며 화랑을 무고하여 함양의 감옥에 갇히게 하였다. 그리고 사당에 있던 솥을 숨기고 물통을 없애 유람하는 사람들과 시인들이 먹고 마실 수 없게 하였으니, 무녀의 죄는 이것만으로도 매우 크다.

〈박여량, 「두류산일록」〉

이 기록을 통해 몇 가지 단서를 포착할 수 있다. 지금의 천왕봉은 행정구역상 산청군의 영역이다. 그러나 조선시대 당시 천왕봉은 함양군과 진주목晉州牧의 교차점에 위치했으며, 성모사당 역시 그 경계 영역에 걸린다는 것이다. 천왕봉 꼭대기의 세 칸짜리 조그마한 판옥이 지붕을 덮은 사람과 못질한 사람이 각각 다른 관할 지역민이라는 것, 그리고 그것이 빌미가 되어 이 봉우리의 사당이 두 관할 지역의 송사訟事 거리가 되었다는 점 또한 재미있는 사실이다.

그러나 성모사를 포함한 이 천왕봉 인근의 땅은 조선후기까지도 함양 관아의 소속이었다. 조선후기에 쓰인 유산기에 의하면, 함양 관아의 주관으로 천왕봉 일월대日月臺 곁에 10칸이 넘는 건물을 지어 관할 수령이 천왕봉을 올랐을 때 묵을 숙소로 사용한 기록이 보이기

고지도(섬진강 일대)

때문이다.

　성모사의 위치 또한 초기와 후기가 달랐던 듯하다. 이동항李東沆의 「방장유록方丈遊錄」에 의하면, 성모사는 본래 위쪽에 있었는데, 언제 아래쪽으로 옮겨 세웠는지 모르겠다고 의문을 제시하였다. 아마도 성쇠盛衰를 거듭하는 과정에서 성모사의 위치가 아래쪽으로 옮겨지고, 본래의 자리에는 조선후기 함양 관아에서 축조한 수령의 숙소가 세워진 것으로 보여진다. 이동항은 1790년 3월 28일부터 5월 4일까지 무려 37일 동안 경북 성주 칠곡을 출발해 합천 → 거창 → 함양 → 제석봉 → 천왕봉 → 산청 → 덕산 → 진주 → 합천을 거쳐 귀가하는 유람을 즐겼다. 영남서부 지역의 명소를 거의 다 둘러본 것에 다름 아니다.

그런데 성모사를 곁에 두고도 그곳에서 묵지 않고 인근에서 노숙露宿한 이도 있었다. 박치복朴致馥 1824~1894은 1877년 8월 25일부터 9월 20일까지 산청 남사南沙에서 덕산 → 대원사 → 유평柳坪 → 쑥밭재 → 천왕봉에 올랐다가 하산하여, 남해 금산錦山까지 유람하고 돌아왔다. 동행인으로는 당대 강우江右 지역의 대학자들이 많이 참여하였는데, 한주寒洲 이진상李震相, 단계端磎 김인섭金麟燮, 면우俛宇 곽종석郭鍾錫 및 하용제河龍濟·조호래趙鎬來·하우서河禹瑞 등이었다.

그들은 천왕봉에 도착한 후 마땅한 숙소가 없어 바위틈이 널찍한 곳을 정하고, 인근에서 나무 몇 그루를 잘라 나뭇잎이 달린 가지를 바위에 연이어 초막을 지었는데, 사방을 가리지 못하고 오직 머리 위만 덮은 정도였다. 자연히 시간이 지날수록 바람이 차가워져 뼈 속으로 한기가 스며들었고, 이들 일행은 함께 이불을 뒤집어 쓰고 잔뜩 움츠린 거북처럼 달라붙은 채 누워 잤다. 나머지 사람들은 모닥불 주변에 둘러앉아 군색하게 불을 다투며 추위를 면하려 하였다. 밤이 깊어지자 추위가 극에 달했으나, 달리 모면할 방법이 없었다. 이들은 다음날 일출을 본 후 성모사에 들어가 성모에게 일출을 보게 해 준 것에 대한 감사의 절을 하고 한시까지 지었다. 박치복은 성모를 지리산신智異山神으로 인식하기에 절할 수 있었다고 하였다. 그들은 성모사를 이단의 소굴로 단정하지 않았지만 차마 그곳에서 유숙할 수 없었기 때문에 노숙한 것으로 보인다.

어찌되었든 성모사는 기본적으로 3칸 판옥에다 산꼭대기에 위치하고 있었으니, 한밤중의 그 매서운 비바람을 막아내기란 쉽지

않았을 것이다. 지붕을 날려버리고 바위를 뽑아버릴 듯한 강한 바람, 추위를 이기려 겹으로 된 솜옷을 껴입고 두터운 이불을 덮어 몸을 보호할 정도였으니, 산 정상의 성모사에서 유숙하기가 쉽지 않았음을 짐작할 수 있다.

　이동항은 천왕봉에 올라 성모사에 들어가 밤을 지샐 요량이었으나 얼었던 땅이 녹기 시작해 축축하여 잘 수가 없었다. 그래서 그 아래 남쪽으로 벽을 등진 곳에 깔개를 펴고 자리를 정한 후 종자들에게 땔감을 주워 오게 하여 불을 지펴 하루 밤을 보냈다. 그의 일행이 천왕봉에 올랐던 것은 4월 18~19일이었는데, 정상에서 지내는 차가운 밤기운이 살을 에는 듯한 10월의 날씨 같다고 하였으며, 추위를 견디기 위해 여러 사람이 서로 끌어안고 잤다고 하였다.

대체로 조선시대 관원들의 지리산 유람은 짐꾼이나 악공樂工, 길 안내를 맡은 승려, 남여꾼 등을 합하면 그 수가 수십 명은 족히 되었다. 많게는 400여 명의 인원이 유람을 한 경우도 있었다. 남주 헌南周獻의 경우가 바로 그 예인데, 그의 유람은 관찰사와 세 명의 수령이 함께 한 유람이었던 만큼 그 인원 또한 엄청났다. 같은 날 다른 일행들과 함께 남주헌의 코스를 따라 올랐던 사농와土農窩 하익범河益範은 그들의 요란한 유람 행렬을 보고서 "이날 경상관찰 사 윤광안尹光顏도 상봉에 올랐다. 온갖 깃발들이 여기저기 나부끼 고, 악기 연주 소리가 은은하게 들리는 것을 쳐다보니 이 또한 하나 의 기이한 구경거리였다."라고 기록하였다. 박장원朴長遠은 천왕봉 까지 남여를 타고 올랐는데, 남여를 멘 승려만도 70여명이었다.

사정이 이러하다 보니, 겨우 수십 명을 수용할 만한 성모사에 이들이 모두 묵을 수는 없었다. 때문에 따라온 종자들은 사당 밖에 서 오들오들 떨면서 나뭇가지로 불을 지펴 그 온기로 날을 새는 모습을 볼 수 있다.

성모사에 대한 기록은 조선후기까지도 나타난다. 1902년 2월에 있었던 송병순宋秉珣 1839~1912의 「유방장록遊方丈錄」에 의하면, 당시 사당이 모두 훼손되어 선현들이 했던 것처럼 날씨가 개이기를 빌 어볼 데가 없다고 안타까워하였다. 1937년 8월 16일부터 22일까지 의 유람 기록인 김학수金學洙 1891~1974의 「유방장산기행遊方丈山記行」

에는 성모사를 산령사山靈祠로 표기하였고, 1940년 4월에 이루어진 이병호李炳浩 1870~1943의 「유천왕봉연방축遊天王峰聯芳軸」에도 성모사가 보인다. 이병호는 성모사에 성모상이 있지만 석상의 양쪽 귀가 떨어지고 코·눈이 모두 함몰되어 있다고 하였다. 적어도 이 시기까지는 성모사와 성모상이 존재하고 있었으나, 제 모습을 온전히 갖추지는 못했던 듯하다.

이렇듯 성모사와 성모상은 조선초기 이전부터 존재하여 유람객의 관심을 받았으며, 우리나라의 대표적 명산 지리산의 최고봉에 위치함으로써 오랜 시간 수많은 명인名人의 작품 속에 실전할 수 있었다. 그러나 현재 성모사는 그 흔적도 남지 않아 천왕봉을 오르는 사람들은 그 장소조차 알지 못하며, 성모상은 이후 우여곡절 끝에 중산리 입구에 있는 천왕사天王寺에 보전되어 있으나, 그 조차도 아는 이가 드물다. 지리산 천왕봉 등반의 마지막 캠프, 성모사. 이의 복원이야 말로 선현들의 지리산 유람 완성을 위한 마지막 작업이 아닐까 한다.

05

천왕봉 일출, 그 장엄한 환희

　요즘 세상에는 웬만큼 사람들이 찾는 곳이라면 '팔경八景'이나 '십경十景'으로 이름 붙여 유람객을 부른다. 관동팔경關東八景이나 단양팔경丹陽八景처럼 특정 지역에서 뛰어나게 아름다운 경관에 이름을 붙인 경우이다. 지금은 지방자치단체들이 보다 많은 방문객 유치를 위해 팔경을 제정하고, 요란한 광고는 물론 입간판 하나쯤 걸어두지 않은 곳이 없다. 너나 할 것 없이 내세우다 보니 억지스러움에 눈살을 찌푸리는 경우도 적지 않다.

　이처럼 특정 경관을 지정하는 방식은 중국 소상팔경瀟湘八景에서 비롯된 듯하다. 여기서의 소상은 중국 양자강揚子江 중류에 있는 동정호洞庭湖 남쪽의 두 갈래 물줄기로, 소수瀟水와 상강湘江을 말한다. 순舜 임금이 소상강에서 세상을 떠나자, 그의 두 부인 아황娥皇과 여영女英이 3일 밤낮을 슬피 울다가 빠져죽은 바로 그 강이다. 동정호는 시성詩聖인 두보杜甫가 그 가운데 있는 악양루岳陽樓에 올라보니 오吳나라와 월越나라가 보일 정도로 넓다고 감탄한 그 호수이다. 이렇듯 슬프고 아름다운 전설이 있고 두보의 찬사를 받은 소상 강은 그곳의 아름다운 풍광 여덟 가지와 함께 조선시대 선비들의 그림과 한시에 줄곧 애용되어 왔다.

한시에 등장하는 소상팔경은 '평사낙안平沙落雁·원포귀범遠浦歸帆·산시청람山市晴嵐·연사만종煙寺晩鐘·어촌석조漁村夕照·동정추월洞庭秋月·소상야월瀟湘夜月·강천모설江天暮雪'이다. 소상팔경이 특정 지역의 특정 장소를 지칭하는 것이 아니라, 그곳의 전체적인 풍광을 일컫는 말임을 알 수 있다. 앞의 두 글자는 장소를 나타내고 뒤의 두 글자는 그곳의 풍광을 말한 것인데, 기실 앞의 두 글자보다는 뒤의 두 글자에 무게가 실린 표현이다. 감상자의 감정이 '기러기·돛단배·종소리·낙조·달·비·눈' 같은 경관에 이입되어 있는 것이다.

지리산에도 십경이 있으니, '천왕봉의 일출天王日出, 노고단의 운해老姑雲海, 반야봉의 낙조般若落照, 피아골의 단풍稷田丹楓, 벽소령의 달碧霄明月, 불일암의 폭포佛日懸瀑, 세석평원의 철쭉細石躑躅, 섬진강의 물줄기蟾津淸流, 칠선계곡의 절경七仙溪谷, 연하봉의 선경煙霞仙境'이 그것이다. 소상팔경을 본떠 이름한 것임은 자명하나, 어느 것 하나 허투루 붙여진 것이 없다.

예나 지금이나 지리산 유람의 백미白眉는 단연 천왕봉 일출이다. 힘겹게 부여잡고 기어서 천왕봉 꼭대기에 올랐을 때의 그 무량한 감회를 어찌 말로 표현하랴. 도탄桃灘 변사정邊士貞은 천왕봉에 올랐을 때 마침 날씨가 청량하여 멀리까지 시야에 들어오자 "오늘 우리

천왕봉에서 본 지리산 능선(김기훈 작)

의 유람이 장관이지 않은가!"라고 일갈을 한 후, "여러 산봉우리와 수많은 골짜기가 발 아래 펼쳐져 있고, 거대한 영물靈物과 장대한 교룡蛟龍이 그 속에 웅크리고 있는 듯하다."고 감탄하였다. 하늘에 닿을 듯 우뚝한 곳에 올라보니, 망망대해의 굼실대는 큰 파도인 듯, 어떤 것도 품어줄 듯 통이 큰 어머니의 치마폭 같이, 굽이굽이 펼쳐진 지리산의 산맥을 일컬은 것이리라. 변사정은 1580년 4월 5일 전북 남원 산내면 도탄을 출발하여 함양 용유담을 거처 천왕봉에 올랐다가, 의신사·신흥사·칠불사를 거처 쌍계동으로 하산하였다.

지금도 해마다 수많은 사람들이 지리산 일출을 보기 위해 짙은 어둠을 무릅쓰고 천왕봉으로 향한다. 3대가 공적을 쌓아야 볼 수 있다는 지리산 일출. 선현들 또한 그 장엄한 광경을 보기 위해 온갖 고생을 무릅쓰고 천왕봉에 올랐고, 살을 에는 듯한 추위를 견뎌냈다. 그리고는 보았다, 장엄한 그 해돋이를! 그리고는 만끽했다, 벅차오르는 그 환희를!

천왕봉에 올라서서 세상을 굽어보다

인간의 한계에 도전한다는 42.195km 마라톤을 완주한 이들에게 가장 힘든 순간이 언제인가를 물어보면, 그 대답은 늘 똑같다. 막바지 10km를 남겨놓은 시점부터 발이 땅에 닿는지 손을 흔들고 있는지도 모를 정도로 체력의 한계에 부딪힌다고 한다. 멈출 수도 없고, 자신이 뛰고 있다고 인지되지도 않는 상태, 그저 발이 앞으로 나아가기에 몸이 따라서 뛰어간다고 말한다. 몸과 정신이 인지하지 못할 정도의 신체적 한계에 도달한 것이다.

실제 우리는 이런 상태를 자주 경험한다. 어떤 일을 추진함에 있어 남다른 각오와 함께 힘찬 출발을 했음에도 막바지에 이르면 갈등한다. 그 과정이 길고 난관이 많았다면 더 더욱 그렇다. 계속 가야하나 말아야 하나… 그럼에도 불구하고 대부분의 사람들은 계속해서 앞으로 나아간다. 왜냐하면 목표가 어디인지를 알고 있기 때문이다. 여기서 몇 발자국만 더 나아가면 목적지임을 알기

때문에, 막바지의 그 숨찬 여정도 견딜 수 있는 것이다. 목표를 알고 이를 향해 뚜벅뚜벅 나아가는 그 과정은 그래서 힘들고 고되면서도 포기할 수 없는 것이다. 그 과정이 아무리 고달프더라도.

천왕봉에 오르는 것 또한 마라톤과 마찬가지이다. 출발에서부터 오르는 내내 목표지점을 눈앞에 두고 올라간다. 잠시 눈앞에서 사라진다 해도 그 목표지점이 어느 방향 어느 곳에 있는지 알고 있다. 또한 오르는 내내 수십 번 수백 번 더 포기할까 갈등하면서도 결국엔 정상까지 올라간다. 그곳에 정상이 있다는 것을 알기 때문에.

천왕봉을 오르기 위해 어느 코스를 선택하든 정상을 불과 몇

중봉에서 본 천왕봉 오름길(김기훈 작)

리 남겨두지 않은 곳에서의 그 힘들고 고됨은 마라톤과 마찬가지다. 법계사를 지나 정상 밑 500m 남짓의 깔딱고개나, 중봉에서 천왕봉까지의 빤히 보이는 그 길, 또한 백무동을 지나 하동바위에서부터 험악해지는 산길을 올라 제석당에서 천왕봉까지 10리 정도의 그 산행은 유람자로 하여금 신체적 정신적 한계를 느끼게 하기에 충분하다.

니계尼溪 박래오朴來吾는 중산리에서 법계사를 거쳐 곧장 천왕봉으로 오르지 않고 중봉을 경유해 정상을 밟았던 인물이다. 그가 중봉을 지나 천왕봉을 오를 때의 기록을 보면 당시 박래오 일행이 정상에 닿기 직전의 그 힘든 상황을 짐작할 수 있다. 그는 "지세가 더욱 경사지고 위태로웠다. 위로는 잡아당길 만한 나무가 없고, 아래로는 헤아릴 수 없는 골짜기가 내려다 보였다. 나아가려 하면 주저함이 마음속에 엄습했고, 오르려 하면 안화眼花가 눈에 어른거렸다. 게다가 서쪽으로 기운 해는 넘어가려 하여 진퇴양난이었다. 일행은 난관을 무릅쓰고 조심조심 발을 내딛으며 엎드려 기어서 앞으로 나아갔다."고 한 후, 두세 번 심호흡을 가다듬은 뒤 "이는 천명天命을 아는 자가 할 짓이 아닐세. 우리의 오늘 산행이 어찌 만 자나 되는 장대 끝에서 한 걸음을 내딛는 것과 다르지 않겠는가?"라는 말로 그 아찔한 순간을 핍진하게 묘사하였다. 뿐만 아니라 정상 가까이 다가갔을 때는 "허공에 매달린 절벽 길은 마치 노끈을 드리운 것처럼 경사가 심했다."고 하여, 그 막바지에서의 고비가 얼마나 힘겨웠는가를 단적으로 표현하였다.

이처럼 힘들고 어렵게 올라 정상에 섰을 때의 그 감회는 어떨까? 이제 그들이 천왕봉 꼭대기에 서서 세상을 내려다보며 느꼈을 그 감회들을 따라가 보자. 김일손은 천왕봉 꼭대기에 올라 "흰 구름이 골짜기에서 머물러 있는 것이 마치 넓은 바다에서 조수가 밀려와 온 포구에 흰 물결이 눈처럼 하얗게 부서지는 듯하였다. 그리고 드러난 산봉우리들은 점점이 흩어져 있는 섬 같았다. 돌무더기에 기대어 사방을 둘러보니 외람되게도 마음과 정신이 모두 늠름하고, 몸은 아득한 태초에 있는 듯하여 회포가 천지와 함께 흘러가는 듯하였다."라고 하였다. 높은 곳에 올라 아래로 세상을 조망해 보니 그 속에서 바동거리며 살아가는 속세를 버리고 떠나왔다는 생각이 절로 들고, 인간세상이 열리기 이전의 태초에 있는 듯한 착각을 불러일으킨다.

사농와土農窩 하익범河益範이 일월대日月臺에 앉아 아래 세상을 내려다보며 "마치 큰 바다 속에서 작은 배 한 척을 타고서 기우뚱거리다가 파도 속으로 빠져드는 것 같았다."고 말한 것 또한 같은 맥락에서 이해할 수 있다. 곧 정상에 올라있는 자신이 마치 구름 뗏목에 올라 태초의 혼돈 속을 떠서 노니는 듯한 착각을 느끼고 있다. 이는 높은 정상에 오르면 누구나 느낄 수 있는 정감 중 하나일 것이다.

그러나 조선시대 선비들은 이에서 한걸음 더 나아가 아래 세상을 조망하며 우리 국토산하에 대한 자긍심과 이를 지키며 살다간

제석봉 전망대에서 본 지리산 능선(김기훈 작)

선현에 대한 감개感慨로 발전시키고 있다.

　이 산 주위에 빙 둘러 있는 영·호남의 여러 읍으로 말하자면,
진주목晉州牧·남원도호부南原都護府·함양군咸陽郡·곤양군昆陽郡·구
례현求禮縣·운봉현雲峯縣·광양현光陽縣·단성현丹城縣·하동현河東縣·
산음현山陰縣이 혹 산의 반쪽에 웅거하기도 하고, 산의 한 모퉁이를
점거하기도 하고, 산의 앞에 거처하기도 하고, 산의 뒤에 위치하기도
한다. 살천현薩川縣·적량현赤良縣·화개현花開縣·악양현岳陽縣은 부용
현附庸縣으로 그 품 안에 있다. 넓고 크게 뻗어 나간 것으로는 이 산보
다 더한 것이 없다.
　시계視界가 미치는 바로 거론해 보면, 산의 삼면은 큰 바다로 둘러
져 있으니, 그 형세가 마치 바다를 건너야 이를 수 있는 곳인 듯하다.
대지의 여러 산들은 작은 언덕이나 개미집처럼 조그마한 데 불과할
따름이다. 바다에 점점이 흩어져 있는 섬들은, 가까이는 남해도南海
島·거제도巨濟島와 멀리는 대마도對馬島·탐라도耽羅島가 종횡으로 흩
어져 바다 속에서 출몰한다. 벌레가 꿈틀거리듯이 울퉁불퉁 솟아
있는 산세는, 북쪽으로는 계룡산鷄龍山·덕유산德裕山과 동쪽으로는
팔공산八公山·가야산伽倻山·운문산雲門山·비슬산琵瑟山과 서쪽으로는
황산荒山·무등산無等山·금성산錦城山·월출산月出山이 여러 산들 가운
데 조금 불쑥 솟아 있다. 신라와 백제의 옛터를 바라보며 흥망의
운수를 논하고, 노량露梁 앞 바다의 전쟁터를 가리키며 절의節義를 위
해 죽은 영혼들을 조문하였다. 술잔을 들고 서로 부딪히니, 감개한
마음이 이어졌다.

〈송광연宋光淵, 「두류록頭流錄」〉

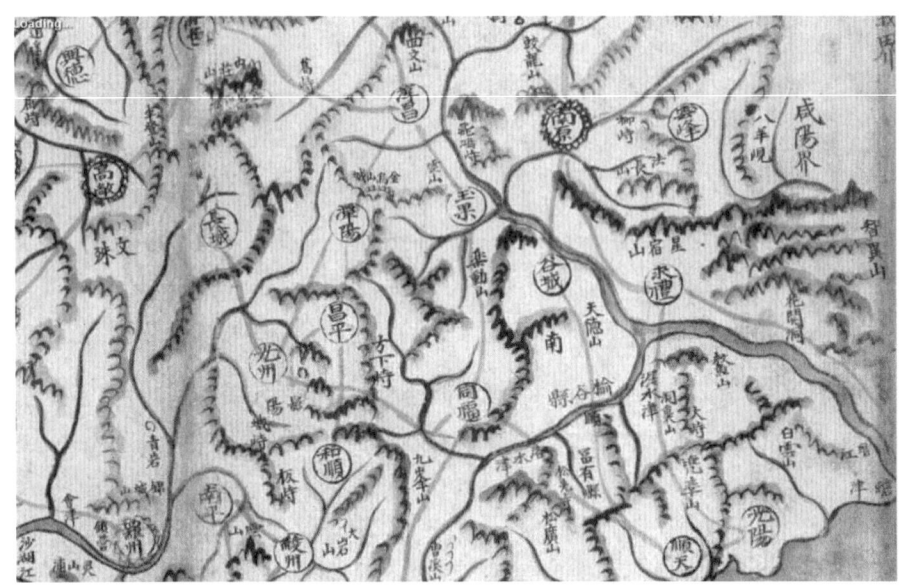

팔도지도(전라도)

　높은 곳에 올라 우리 국토산하를 상상하는 그 모습을 살펴보자.
송광연은 1680년 윤8월 20일부터 8일 동안 운봉 인월을 출발해
군자사를 거쳐 천왕봉에 오르고 제석당과 영신사를 지나 칠불사·
신흥사·쌍계사를 두루 유람하였다. 그는 천왕봉에 올라 제일 먼
저 우리나라 천지산천의 대세大勢를 만끽하였다. 우리 동국東國의
명산대천名山大川은 지리산의 지엽枝葉 아닌 것이 없고, 온 나라의
군현郡縣 가운데 이 산의 진망鎭望 아닌 곳이 없다고 천명한 후, 위
인용문처럼 우리나라 전 국토를 일별하고 있다. 지리산권역에 해
당하는 영·호남의 영역 경계를 낱낱이 살펴 가르더니, 급기야 전
국토산하에 금을 긋고 있다. 머릿속에 들어있던 전체 국토산하를
자신의 눈으로 가늠하여 확인하고 감격해하는 모습을 연상할 수

있다.

이는 송광연 뿐 아니라 이갑룡李甲龍·박래오朴來吾 등 천왕봉에 올랐던 여러 사람에게서 공통적으로 나타나는 인식이다. 이러한 인식은 지리산을 중국의 태산泰山이나 형산衡山보다 더 빼어난 산이라 언급한 조선초기의 김종직이나, 지리산을 천자의 산으로 비유한 조선중기의 박여량朴汝樑을 포함한 여러 유학자의 언급과도 맥을 같이 한다.

그 순간 자신의 땅인 그 국토산하를 지키다 죽어간 역대의 수많은 호국영령들이 떠오르는 것은 어쩌면 당연한 귀결이리라. 특히 역사 속 지리산권역은 신라와 백제의 수많은 전장戰場으로 짓밟혔고, 저 멀리 노량진 등 남해 바다 또한 왜구와의 숱한 전장이었다. 이 땅을 지키며 죽어간 이름 없는 목숨들, 그 영혼들을 생각하며 술잔을 기울이지 않고는 어찌 그 감개를 삼키랴. 김일손 또한 "산의 동남쪽은 옛 신라의 구역이고, 산의 서북쪽은 옛 백제의 땅이다. 앵앵거리며 날아다니는 모기들이 독 안에서 생겼다 사라지는 것 같이, 처음부터 꼽아보면 얼마나 많은 호걸들이 이곳에 뼈를 묻었던가."라 하였고, 이동항李東沆은 "동쪽은 옛 신라의 땅이고, 서쪽은 백제의 유허지이네. 풍진 속에서의 수많은 전투와 천년의 패업覇業이 허공에 뜬 구름처럼 흩어지듯 소멸되고 말았네. 당시의 영웅호걸이나 현명한 자, 어리석은 자, 귀한 자, 천한 자들 모두 청산의 썩은 흙이 되었으니, 우리가 한 동이 향기로운 술을 마시고 한 줄기 맑은 바람을 쐬는 것만 못함을 그대들은 알겠는가?"라고 하여, 지난至難한 세월 속에서

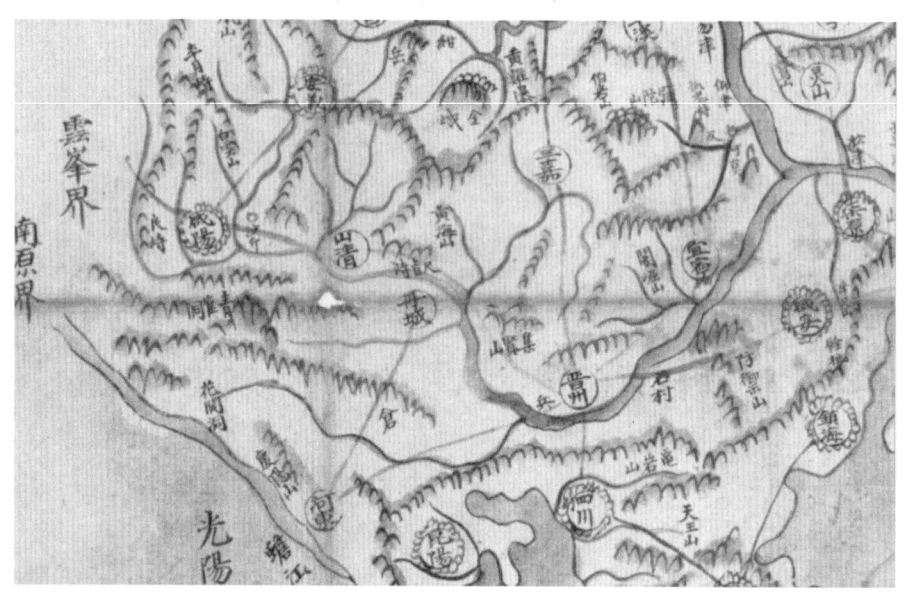

팔도지도(경상도)

홍망성쇠를 거듭했던 역사와 함께 그 속에서 살다 간 인간들의 무상한 삶을 회고하였다. 이는 현재 자신의 삶에 대한 고찰이고, 다가올 미래 삶의 지남指南이 되기도 하였다.

이러한 감회와 함께 우리 산하를 굽어보며 쏟아져 나오는 절묘한 표현 또한 빼놓을 수 없다.

동쪽으로 바라보니 단성丹城의 집현산集賢山, 의령宜寧의 자굴산闍崛山, 진주晉州의 월아산月牙山이 서로 울룩불룩 이어지고 차례차례 부복俯伏하고 있는 듯하였다. 그 나머지 곳곳에 늘어선 작은 산들은 마치 큰 잔칫상 위에 놓여 있는 허다한 간장 종지 같았다. 남쪽을 바라보니 사천泗川의 와룡산臥龍山, 남해南海의 금산錦山, 광양光陽의 백운산白雲

山이 좌우에 둘러서서 울타리처럼 감싸고 있었다. 그 안쪽으로 봉우리들이 겹겹이 늘어서서 마치 가지와 잎이 그 뿌리를 감싸고, 손과 발이 자신의 몸을 호위하고 있는 것과 같았다. 신령스런 이 산의 아들이나 손자뻘 되는 산들은 그 수를 이루 다 헤아릴 수 없었다. 바다 가운데의 섬이 구름이 어른거리는 사이에서 드러나곤 했는데, 바로 전라全羅좌수영左水營이었다. 진해·고성의 항구, 사천·남해의 바다는 허리를 구부리면 닿을 듯 가까운 거리에 있었다. 고래가 출몰하고 기상이 천변만화千變萬化하는 이 또한 이 산의 정상에서나 볼 수 있는 큰 구경거리였다. 〈박래오朴來吾, 「유두류록遊頭流錄」〉

유람과 문학적 지취의 상관성은 문학의 주체인 작자의 산수벽山水癖에서 연유하는 것이 일반적이다. 산수벽이란 병이 될 만큼 산수자연을 지나치게 좋아하여 무시로 찾아나서는 습성을 일컫는다. 이러한 산수벽은 넓게 보고 깊게 느끼려는 지식인의 지적욕구와 결부되어 절묘한 표현과 다양한 문학적 지취志趣로 표출된다.

유람과 문학적 지취와의 상관성은 조선시대 선현들도 깊이 공감하고 있었다. 김도수金道洙는 「남유기南遊記」에서 "세상 사람들이 반드시 사마천司馬遷의 유람을 일컫는 것은 예로부터 문사文士들이 넓은 안목으로 담론을 장대하게 하던 것이니, 유람이 어찌 도움 되는 것이 없겠는가?"라고 하여, 문학적 호기浩氣를 기르는 것이 산수유람의 또 다른 중요한 목적이었음을 확인할 수 있다.

저 아름답고 섬세한 표현들을 보라. 지리산 꼭대기에서 바라본 세상 중 그나마 크고 굵직한 산들은 천왕봉을 향해 엎드린 듯하고,

허다한 작은 산들은 잔칫상에 놓인 간장 종지 같다고 하였다. 저 멀리 남해·사천·광양에 있는 꽤 높은 산들은 지리산을 울타리처럼 감싸고, 그보다 가까이 있는 작고 낮은 산들은 뿌리를 감싸는 잎과 가지인 듯 몸을 보호하는 손발인 듯, 지리산을 빙 둘러 보호하고 있다고 하였다. 참으로 멋들어진 표현이 아닌가.

어디 천왕봉에서 뿐이랴. 황도익黃道翼 1678~1753이 신흥동의 세이암洗耳巖 풍광을 두고서 "불타는 듯한 단풍의 가을빛이 어우러져 서로 비쳐지니, 요지瑤池에 잔치가 벌어져 비단 자리는 영롱하게 빛나고 구름 걷힌 옥우玉宇에 많은 별들이 반짝거리는 듯 황홀하였다. 보는 곳마다 눈이 부셔 무하지경無何之境에 들어온 듯하니, 어찌 이처럼 아름다울 수 있는가?"라고 한 것이나, 박민朴敏 1566~1630이 「두류산유선기頭流山遊仙記」에서 자신들이 지금 이처럼 장엄하고 수려한 산천을 볼 수 있는 것은 "땅이 자물쇠로 잠그고 하늘이 빗장을 쳐서 숨겨두었고, 옛 사람의 기이한 자취는 귀신이 막아주고 보호하였다. 그리하여 사계절의 각기 다른 풍경과 만물의 다양한 모습은 예나 지금이나 마찬가지이다."라고 한 것에서 그들의 탁월한 문학적 표현 능력을 느낄 수 있다. 이 또한 지리산 유람을 통해 얻을 수 있는 또 하나의 묘미妙味라 하겠다.

해와 달이 뜨고 지는 것을 바라보다, 일월대

산 정상에 넓은 터를 가진 중국 태산과는 달리, 지리산 천왕봉에는 온통 바위뿐이다. 정확히 말하면 크고 작은 바위가 울퉁불퉁 솟아있는 바위 덩어리이다. 평평한 바위 면이라 해 봐야 그리 넓은 공간이 아니다. 수십 명, 밀집해서 붙어 선다 하더라도 백여 명 남짓 올라설 공간이 전부라 해도 과언이 아니다. 이륙李陸은 "천왕봉 위에 수십 보나 되는 평평하고 넓은 터가 있다. 이곳은 동쪽·남쪽·서쪽 세 방면으로 막힘없이 훤히 트여 조망하기에 좋다."고 하였고, 박치복朴致馥은 "산의 정상은 1백여 명이 앉을 만큼 널찍하

천왕봉 일월대

였다.”라 하였으니, 대략 지금 가늠할 수 있는 면적에서 크게 벗어나지 않는다.

이곳에 일월대日月臺가 있다. 과거 선현들은 천왕봉 언저리에서 잠을 설치고 추위에 떨며 밤을 지새우다가, 새벽녘이 되면 이 일월대에 올라 일출을 맞았다. 지리산 천왕봉 동쪽면의 바위가 바로 일월대이다.

일월대란 명칭은 조선초기의 유산기에는 보이지 않고, 박장원朴長遠의 「유두류산기遊頭流山記」에 처음 나타난다. 그 이전의 김종직은 천왕봉 꼭대기의 ‘북쪽 돌무더기[石疊]’라고만 하였고, 추강秋江 남효온南孝溫은 ‘사당 모퉁이 돌부리[石角]’에 앉아 아래 세상을 조망하였다. 박장원은 1643년 8월 20일부터 7일 동안 안음安陰을 출발해 용유담 → 군자사 → 하동암을 거쳐 천왕봉에 올랐으니, 그 이전에 누군가가 ‘일월대’라 바위에 새긴 듯하다. 이후 신명구申命耉・조구명趙龜命・박래오朴來吾・이동항李東沆・남주헌南周獻・김영조金永祚・배찬裵瓚・박치복朴致馥 등 조선후기는 물론, 1910년 3월에 있었던 배성호裵聖鎬의 기록에도 일월대란 말이 나타나는 것으로 보아, 17세기 중반부터 근세까지도 명소로 일컬어졌음을 알 수 있다.

지금의 천왕봉 정상에는 ‘일월대’란 세 글자가 석각石刻되어 있다. 천왕봉 표지석이 있는 곳에서 동쪽 방향으로 중산리를 바라보고 서면 오른쪽 끝 아래 바위에 여러 사람의 이름과 함께 새겨져 있다. 그것이 언제 누구에 의해 새겨진 것인지 정확하지 않다. 석각된 위치가 밑에서 올려다보기에도 위에서 내려다보기에도 어정

쩡하여 쉽게 찾을 수 없다. 그래서인지 요즘 지리산을 즐겨 찾는 산꾼들도 그저 산을 오르는 것을 즐길 뿐, 일월대에 대해 아는 이가 드물다. 드물 뿐만 아니라 '일월대' 석각을 발밑에 두고도 알아보지 못한다.

그렇다면 일월대란 명칭은 어디에서 유래되었을까? 이는 박래오의 기록에서 그 단초를 찾을 수 있다. 그는 일월대에 올라 "이곳에 오른 뒤에야 해와 달이 뜨고 지는 것을 볼 수 있어 옛 사람들이 일월대라 이름 하였으니, 어찌 이유가 없겠는가?"라고 하여, '일월대'란 명칭의 의미를 일출과 월출을 모두 볼 수 있는 곳으로 언급하였다. 이 얼마나 명쾌한 이름인가.

일월대는 정확히 어디를 일컫는 것인가? 선현들의 유산기에는 천왕봉에 올라 성모사聖母祠나 그 주변 언저리에서 밤을 지새우고 난 후 일월대에 올랐다는 기록이 자주 보인다. 마치 천왕봉과 일월대가 별도로 존재하는 듯 기록하였다. 박치복은 천왕봉에 오른 후 "산의 정상은 1백여 명이 앉을 만큼 널찍하였다. 주위에 나지막한 담장이 둘러쳐져 있었다."고 하였고, 김영조는 "위쪽에 일월대가 있는데 50여 명이 앉을 만하였고, 너른 바위는 펼쳐놓은 자리 같으며 작은 돌들은 담을 둘러 친 듯하였다."고 기록하였다.

그런데 위의 두 기록 사이에는 공통점을 발견할 수 있다. 박래오는 "일월대 위에는 사방에 석축石築이 있었는데, 모두 서너 자 남짓 되었다. 이는 대체로 바람을 피하기 위한 것이었다. 그 아래 형세를 보니 더욱 경사지고 위태로웠으며, 사방의 시야가 한 눈에 확 들어와 끝이 없었다."고 하여, 당시 일월대의 위치와 상황을 보다 자세히 언급하고 있다. 우리는 여기서 새로운 사실을 알게 된다. 사방이 툭 트인 천왕봉 꼭대기에서 불어오는 세찬 바람을 막기 위해 돌담을 쌓았다는 것이다. 천왕봉의 돌담에 대해서는 유문룡柳汶龍의 「유천왕봉기遊天王峯記」에서 보다 정확한 사실을 확인할 수 있다.

5리를 가니 앞에 더 이상 나아갈 길은 없고, 4~5길 정도 되는 바위[천왕봉]가 우뚝 솟아 있었다. 그 위는 넓고도 평평하여 몇 사람 정도 앉을 만했다. 주위를 빙 둘러 담을 쌓았는데, 그 높이가 사람 어깨 정도였다. 서쪽으로 문이 하나 있었으니, 그곳이 이른바 일월대였다. 마침내 일월대에 올라 담장에 기대어 아래를 굽어보았다.

천왕봉 표지석

　박래오는 1752년 8월에, 유문룡은 1799년 8월에, 박치복은 1877
년 9월 천왕봉 일월대에 올랐다. 유문룡의 위 기록에 의하면 천왕
봉 주위에 사방으로 사람 어깨 높이의 돌담이 있었고, 그곳에서
바람을 피하며 편안한 자세로 아래 세상을 조망할 수 있었음을
알 수 있다. 박래오가 본 일월대 석축과 유문룡이 본 돌담이 같은
것인지는 확실치 않다. 두 사람의 기록에 의거해 지금의 천왕봉
정상에 서너 자 남짓 사람 어깨 높이의 문이 달린 석축을 쌓는다면,
과연 어디를 말하는 것이겠는가.

　지금의 천왕봉 표지석이 있는 그곳 외에는 달리 가늠할 수 있는

공간이 없다. 실제 우리가 천왕봉에 올라 천왕봉이라 일컫는 그 봉우리 외에 다른 바위를 찾는다는 것은 불가능하다. 일월대는 천왕봉의 여러 바위 봉우리 중 하나에 붙여진 이름일 뿐이다. 결국 일월대는 지금의 천왕봉이라 해도 과언이 아니다.

그런데 여기서 또 하나의 궁금증이 생긴다. 그 돌담은 누가 언제 쌓은 것인가? 박치복의 「남유기행南遊記行」에 의하면 전前 경상감사慶尙監司 윤광안尹光顔 1757~1815이 등정할 때 쌓은 것이라 하였다. 윤광안은 1807년 3월 24일부터 9일 동안 진주목사 이낙수李洛秀·함양군수 남주헌南周獻·산청현감 정유순鄭有淳 등과 함께 쌍계사→칠불사→제석당을 거쳐 천왕봉에 올랐던 인물이다.

그러나 이 돌담이 이들의 유람 일정에 맞추어 단시일에 축성된 것이긴 하나, 이전에 없던 새로운 일은 아니었던 듯하다. 남주헌의 「지리산행기智異山行記」에 의하면, "상봉의 정상에는 원래 집이나 담장이 없었는데, 관찰사를 위해 영신대靈神臺에 지은 몇 칸의 초가집 같은 처소를 만들고, 또 여러 수령을 위해 쉴 곳을 지어놓았다. 동암면動巖面과 마천면馬川面의 백성들이 60년 동안 세 차례나 이런 일을 했으니, 한창 봄일을 할 때 백성들은 더욱 고달팠을 것이다." 라고 하였다. 윤광안과 함께 등정했던 남주헌은 당시 함양군수로 있었고, 더구나 마천면 등은 함양 관할이었으니, 관찰사인 윤광안을 위해 쌓았다면 결국 남주헌의 명으로 진행되었다는 말이다. 그 이전에도 있어 왔던 사업이었는데, 이때 경상관찰사의 천왕봉 등정에 맞춰 완공을 서둘렀던 것으로 보인다. 60여 년 전부터 이곳

천왕봉에 집을 짓고 담장을 쌓는 작업이 있었음을 확인할 수 있으나, 이전 축성된 건물에 대한 기록은 보이지 않는다.

그런데 남주헌의 이 기록에 의거해 또 하나의 새로운 사실을 접할 수 있다. 지리산 천왕봉에는 바람을 피하기 위한 담장뿐 아니라 관찰사나 수령을 위한 숙소가 있었다는 점이다. 사농와土農窩 하익범河益範의 아래 기록을 보자.

> 추위가 심해서 더 이상 오래 버틸 수 없어 서둘러 관찰사가 머무는 곳으로 내려왔다. 함양 아전 임시혁林蓍焃·임상언林相彦, 그리고 석수石手 세 사람이 경상관찰사 윤광안尹光顔, 함양군수 남주헌南周獻, 산청현감 정유순鄭有淳, 진주목사 이낙수李洛秀 등의 이름을 방금 새겼다. 또 관찰사의 숙소를 살펴보니 온돌방·회의실·수선실·부엌 등이 일체 완비되어 있었다. 아전 임시혁이 말하기를 "상봉은 함양 소속입니다. 그러므로 작년 가을에 감영監營에서 관찰사의 숙소를 지으라는 명이 있었습니다. 그래서 숙소를 이미 짓기 시작했는데 날씨가 너무 추워 공사를 중단했습니다. 금년 봄에 다시 숙소를 지으라는 명이 있어서 3월 초 산에 올라 공사를 했습니다. 저희들은 감독을 하였는데 골짜기에 있는 각 마을에서 비용을 부담한 것이 아무리 적어도 50~60금은 넘었습니다. 길을 닦는 공사는 저희 함양과 진주·하동 세 고을의 군인들이 맡았고, 1만 명 가량 동원되었습니다. 상봉에서 칠불암七佛菴까지 90리 길은 좌우에 하늘을 가릴 정도로 나무들이 빽빽이 들어차 있어, 나무를 베어 길을 확장하여 평지의 길처럼 넓고 평탄하게 하였습니다. 그래서 민폐가 극에 달했습니다."라고 하였다. 이런 공사는 좋지 못한 전례를 남긴 데다 후인들

이 무턱대고 따라 할 것이니, 어찌 백성을 길러주는 목민관의 일이 겠는가?

하익범은 남주헌보다 하루 뒤인 1807년 3월 25일부터 4월 8일까지 15일 동안 지리산을 유람하였다. 진주를 출발해 덕산 → 중산리를 거쳐 천왕봉에 올랐고, 세석평 → 벽소령 → 칠불암 → 신흥사 → 쌍계사·불일암을 경유해 화개를 거쳐 돌아오는 일정이었다. 남주헌의 일행은 3월 29일 천왕봉에 올라 30일 새벽 일출을 맞았고, 하익범 일행은 그 하루 뒤인 30일 천왕봉에 올랐다.

혹 인용문에서 말한 '관찰사가 머무는 숙소'가 그 이전부터 천왕봉에 있었던 성모사일 것이라 생각할 수도 있으나, 이는 새로이

천왕봉 숙소 추정 터

축성된 건물이었다. 남주헌의 기록에 의하면, 이들이 천왕봉에 올랐을 당시에도 이 숙소와 약간 떨어진 곳에 성모사가 있었음을 확인할 수 있다.

이는 1807년 당시 천왕봉 일월대 주변에 있던 관찰사 숙소에 대해 사뭇 자세한 기록이다. 그 조성된 내력이나 시기, 규모 등을 관련자의 언급을 통해 신빙성을 확보하고 있는 것도 특징이다. 특히 윤광안이 경상감사로 있던 감영에서 관찰사의 천왕봉 등정을 위해 함양 관아에 숙소를 지을 것을 명했고, 그로 인해 산꼭대기에 온돌방·회의실·수선실·부엌 등을 일체 완비했다는 사실이 새삼 놀랍다. 이를 위해 수많은 백성들이 동원되었고, 국고의 막대한 비용지출도 있었다.

남주헌과 하익범보다 한 달 전인 1807년 2월 천왕봉에 올랐던 안치권安致權의 「두류록頭流錄」에 의하면, "일월대 아래 조금 떨어진 곳에 10여 간의 집이 시어져 있었는데, 창문이 나란히 설치되어 밝고 환하였다. 이 집은 함양군이 지은 것으로, 내일 순찰사가 머물 곳이었다. 우리가 머물러 쉬어도 무방하였으므로, 이 집에서 유숙하였다."라는 기록이 보인다. 이로써 남주헌의 언급처럼 윤광안의 등정 이전에도 이미 순찰사 등을 위해 천왕봉에 숙소를 건립하는 공사가 있었으며, 숙소의 실제 규모가 10여 칸이나 되었고, 본래 건립 목적과는 달리 관찰사 외에도 천왕봉에 오른 유람자가 유숙할 수 있는 곳이었음을 알 수 있다.

그렇다면 도대체 천왕봉의 어디쯤에 10여 칸의 숙소가 들어섰던 것일까? 현재 천왕봉에 올라서서 주위의 넓은 터를 찾는다면, 중산리에서 오르는 쪽과 장터목으로 내려가는 그 사이의 공터가 전부라 할 수 있다. 그러나 그 곳은 그다지 넓은 공간이 못된다. 기껏 해야 두어 칸 정도의 집이 들어설 수 있을 정도이다. 불쑥 솟은 천왕봉이 뒤편에서 바람을 막아주니 집채를 세운다면 그나마 적격의 장소라 할 수 있다. 안치권의 표현대로라면 일월대 아래 조금 떨어진 곳이라 하였는데, 딱히 그곳 외에는 공간이 적절치 않다.

해 뜨기만을 간절히 염원하다

누군가 말했다. 산을 향해 걸어가는 사람은 두 종류가 있다고. 두 발로 걷는 사람과 의지로 걷는 사람. 정상이 아닌 본질적인 자아를 향해 걸어가는 사람은 체력보다는 정신력으로 길을 헤쳐 나간다고. 그런 사람에게 길이란 극복해야 할 대상이 아니라 목적 그 자체이기 때문이다. 따라서 정신력으로 길을 헤쳐 나가는 사람은 그 길에서 만나는 어떤 난관에도 좌절하지 않는다.

조선시대 지리산을 올랐던 대부분의 선현들은 요즘과 달리 평소 정기적인 운동을 하거나, 산행을 위해 체력을 비축한 것도 아니었다. 그저 천왕봉에 오르고자 하는 강한 염원과 의지만으로 방안에서 글만 읽던 선비들이 신발 끈을 불끈 조이고 길을 나선 것이다.

간혹 다년간에 걸쳐 천왕봉 등정을 계획하고 평소 천왕봉을 올

초헌 타는 모습 초헌은 조선시대 종2품 이상의 벼슬아치가 타던 수레이다

려다보며 다리에 힘을 키운 이도 있다. 경남 함양에 살았던 감수재
感樹齋 박여량朴汝樑 1554~1611이 바로 그런 사람이다. 그는 천왕봉 등
정 계획을 세우고는 매일같이 나막신을 신고 지팡이를 짚고서 산
수 간을 돌아다녔다. 다리의 힘을 기르기 위해 이같이 하기를 하루
도 쉬지 않았다고 한다. 박여량은 주변 사람들이 모두 천왕봉에
오르지 못할 것이라 염려하고 만류하였다. 그러나 중도에 포기하
지 않고 등정을 완성할 수 있었던 것은, 이처럼 미리 계획하고 준비
한 그 노고 때문이라 하였는데, 이는 매우 이례적인 일이었다.

대체로 지체 높은 관료들은 지리산권역의 승려나 전문 남여꾼이
메는 남여를 타고 오르는 것이 일반적이었다. 남여를 타고 오르면

편할 듯도 하나, 그것이 마냥 좋은 것만도 아니다. 그 좁은 산길에서 타고 가는 남여가 편할 리 있겠는가. 1618년 4월 11일부터 7일간 청학동을 찾아 지리산을 유람했던 현곡玄谷 조위한趙緯韓 1567~1649은 불일암을 오를 때 가파른 비탈길을 남여를 타고 올랐다. 그는 당시의 상황을 "남여를 짊어진 승려의 헐떡이는 숨소리는 쇠를 단련하는 듯 거칠었고, 등에는 진땀이 흥건하였다. 다섯 걸음 열 걸음마다 어깨를 바꾸고 위치를 옮겼다. 앞에서 당기고 뒤에서 밀며, 오른쪽으로 기울기도 하고 왼쪽으로 기우뚱거리기도 하였다. 남여를 타고 있는 괴로움도 남여를 멘 고통 못지않았다."라고 하였다.

송광연宋光淵은 순창군수·순천부사와 함께 청학동 일대를 유람하고 천왕봉에 올랐는데, 이들 일행은 칠불사에서 자고 이튿날 내당재內堂峴과 외당재外堂峴를 넘어갔다. 그런데 이곳은 남여를 멘 승려들이 열 걸음도 못 갈만큼 높고 험악하였으나, 송광연 역시 남여를 타지 않으면 한 발자국도 갈 수 없었다. 더구나 순창군수와 순천부사는 몸이 가벼워 이미 멀찌감치 올라갔는데 자신의 남여만 뒤처져 있어, 남여에 몸을 맡긴 자신이 구차스럽다고 하였다. 불일암까지 가는데도 사정이 이러하니 천왕봉은 말해 무엇 하랴. 작정하고 나선 길이라지만 죽을 지경이었으리라.

청학동을 찾는 코스 중 가장 험난한 곳은 쌍계사에서 불일암을 찾아가는 길인 듯하다. 지금은 등산로가 닦여 있어 그나마 쉬이 다닐 만하지만, 기록에 보이는 이 길은 공중에 매달린 듯 신선세계를 찾아가는 듯 깊숙하고 가파르고 험악하게 표현되어 있다. 이

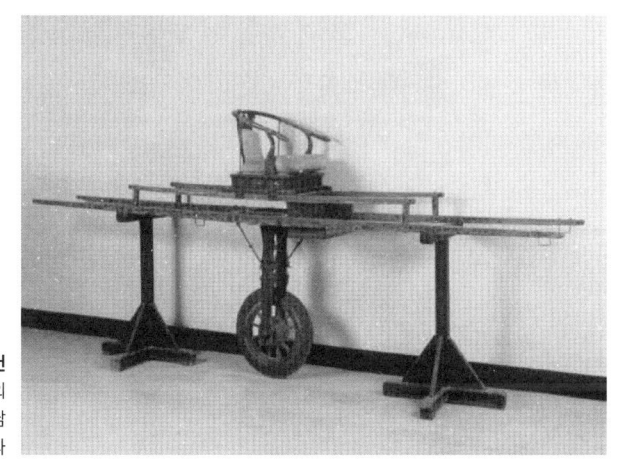

초헌
긴 줏대에 달린 외
바퀴를 떼어내면 남
여 모양과 유사하다

길을 남여를 타고 올랐다. 주로 쌍계사나 신흥사에 거주하던 젊은 승려들이 남여를 메었다. 1618년 윤4월 15일부터 33일 간 장성長城에서 출발하여 청학동 일대를 유람했던 제호霽湖 양경우梁慶遇 1568~1629의 기록은 사실적이어서 재미가 있다.

쌍계사에서 출발할 때 승려들이 남여를 가지고 뒤따르자, 양경우는 짐짓 젊었을 적 체력이 좋았다고 자부하며 두고 가자고 하였다. 그러나 얼마 못 가서 승려에게 등 뒤에서 밀라고도 하고, 바위에 주저앉아 쉬기도 하였다. 결국 남여를 타고 오르는데, 오를수록 승려들은 지쳐갔다. 양경우는 그들이 소처럼 숨을 몰아쉬며 구슬 같은 땀을 줄줄 흘렸다고 하였다. 그러자 한 노승老僧이 뒤따르며 지친 승려들에게 채근하기를 "길이 얼마 남지 않았으니 게을리 말아라, 게을리 말아라. 작년에 하동수령은 몸집이 비대해서 산처럼 무거웠는데도 너희들이 감당해 냈다. 그런데 이번 산행을 어찌 고

생스럽다 하겠느냐."라고 하였다. 이에 남여를 멘 승려들이 말하기를 "왜 하필이면 하동수령을 말합니까. 얼마 전 토포사영감이 오셨을 때도 어지간히 복이 없었습니다."라고 하였다. 남여를 타고 있던 양경우는 이 말을 듣고 자신도 모르게 입을 가리고 몰래 키득키득 웃었다고 한다.

건장하고 젊은 승려들이 비대한 몸집의 포토사를 남여에 태우고 좁은 산길을 올라간다고 상상해 보라. 남여에 타고 있던 그 포토사 또한 내려서 걷는 것보다 더 심기가 불편하지 않았을까 싶다.

남여꾼은 민간에서 구하기도 했지만, 대체로 지리산권역 사찰에서 공부하던 승려들이었다. 유산기를 살펴보면 쌍계사나 신흥사 등 큰 사찰에는 많게는 수백 명의 젊은 승려들이 있었다. 그들은 평상시 불법을 공부하며 정진하다가 유람 온 관료들의 남여꾼이나 향도자嚮導者 역할을 하였다. 주로 젊은 승려들은 남여꾼으로, 노승들은 향도자로 많이 활용되었다.

다시 이야기를 원점으로 돌려보자. 천왕봉에 오르고 그곳에서 일출을 보려는 선현들의 염원과 의지는 확고하였다. 확고한 만큼 새벽이 오기까지의 그 험난함을 견뎌내야 했다. 바닥에서 올라와 뼛속까지 사무치는 냉기도, 하늘이 울부짖는 듯 음산하기 그지없는 그 매서운 바람소리도, 온 세상을 집어삼킬 듯 지붕을 날려버릴 듯한 세찬 비바람도 이겨내야만 했다. 이제 그들이 일출을 염원하며 뜬눈으로 지새우던 그날 그 밤으로 돌아가 보자.

골짜기에서도 허공에서도 바람소리가 윙윙거렸다. 판자 집의 벽이 무너지고 부서져 한기가 몸에 파고들었다. 종들은 모두 두 다리를 부들부들 떨었다. 내가 나무 등걸을 주워와 밤새 불을 지피게 하였다. 냉풍을 몰고 다닌 열어구列禦寇의 수레를 몰 수 있다면 또한 춥더라도 좋지 않겠는가. 상제上帝의 궁궐이 매우 가까운 거리에 있는지라, 감히 소리 높여 말할 수 없었다. 각자 모피를 깔고 베개에 의지하여 누웠다. 뼈가 서늘하고 혼이 맑아졌다. 전날처럼 정신이 혼몽해져 잠드는 일은 없으리라.　　　　〈양대박梁大樸, 「두류기행록頭流紀行錄」〉

　천왕봉에서의 하루 밤은 추위를 어떻게 견디느냐가 관건이었다. 숙소가 변변치 않았던 때인지라 천왕봉 부근의 성모사에서 유숙하거나, 그에 못 미쳐 있던 향적사香積寺에서 묵고 아침에 천왕봉으로 다시 올라가기도 하였다. 그도 여의치 않으면 바위 밑 움푹

제석봉 고사목(김기훈 작)

패인 장소를 찾아 잠자리를 마련해 하루 밤을 버텼다. 향적사는 지리산 장터목에서 천왕봉 쪽으로 가다보면 고사목 지대가 나타나는데, 주능선 오른쪽 아래에 있던 절이다. 천왕봉 성모에게 제사를 지내기 위해 건립한 이 절은 지금 절터만 남아 있다.

천왕봉 바로 밑에 있던 성모사에서 묵는다 해도 위 인용문처럼 반쯤은 무너지고 부서진 건물이어서 노숙하는 것이나 다를 바 없었다. 유람객은 낮 동안의 피로와 추위, 불편한 잠자리에 쉬이 잠들지 못하였다. 성모사에 들어간 박래오는 일행들과 함께 무릎이 닿을 정도로 포개 누워, 잠을 청하려 하면 추위와 노곤함이 밀려오고, 눈을 뜨면 불빛이 어른거려 한 순간도 잠들 수 없었으며, 밤새 일어났다 누웠다만 되풀이하였다. 그날 저녁 성모사에는 무당들이 시끌벅적하게 노래하고 춤추며 굿판을 벌였다. 이 또한 천 근 같이 무거운 몸을 쉬려는 유람자에겐 견뎌내야 하는 고역 중 하나였다.

유람객은 감당하기 힘든 한기를 견뎌내려 여러 방법들을 강구하였다. 땔감을 준비해 밤새 모닥불을 피우고 그 주위에 둘러앉아 술을 마시며 몸의 온기를 유지하는 것은 기본이었고, 술을 마시며 시를 주고받거나, 김종직·김일손·조식 등 이전 선현들의 주옥 같은 유람록을 꺼내 읽기도 하였다. 박치복은 천왕봉에서 추위를 견디지 못하고 떨다가 일행이 잠든 사이에 일어나, 당나라 때 한유韓愈가 형산衡山을 유람하며 형악묘衡嶽廟를 참배할 때 지은 시 「알형악묘수숙악사제문루謁衡嶽廟遂宿嶽寺題門樓」를 낭랑하게 읊었다. 그러

천왕봉 일출(김기훈 작)

자 옆에서 자고 있던 한주寒洲 이진상李震相과 단계端磎 김인섭金麟燮
도 일어나 무릎을 맞대고 수창酬唱하며 흥겹게 서로 즐겼다.

그 외에 데리고 온 악공樂工이나 승려에게 음악을 연주하고 춤추
게 하여 이를 구성하는 것도 하나의 재미거리였다. 박여량은 악공
에게 연주를 시키고 승려와 종들에게는 번갈아 일어나 춤을 추게
하여 하룻밤을 흥겹게 보내기도 하였다.

그도 저도 참을 수 없을 땐 차라리 문을 박차고 나오는 방법도
있었다. 박래오 일행은 추위와 시끄러운 굿판 등 도저히 그 괴로움
을 견디지 못해 밖으로 나왔다. 그리고는 짝을 지어 바위 위에
앉아 삼라만상이 모두 잠든 한밤중의 세상을 감상하였다. 환한 달
빛은 휘영청 밝아 층층의 봉우리와 가파른 골짜기가 빛을 받아
환히 보였고, 온 산의 나무숲은 달빛에 그늘을 드리웠다. 신령스런

산을 아름답게 꾸민 기상이 황홀하여 형언하기가 어려울 정도였다.

이들은 행여나 잠들어 내일 새벽의 일출을 보지 못할까 노심초사하였다. 양대박은 혹 자신도 모르는 사이에 잠이 들까 다짐하듯 정신을 가다듬었고, 그러고도 모자라 해가 뜰 때 구름이 얄궂게 방해할까 두려워서 한밤중에 일어나 앉아 조용히 기원하기도 하였다. 남주헌南周獻 또한 "일출을 보지 못할까 하는 염려로 밤이 깊도록 잠들지 못해 정신과 기운이 매우 피곤했다."고 하였다.

이러한 조바심에 아예 뜬눈으로 밤을 지새우고 새벽에 일출을 맞이하는 경우가 많았다. 박장원은 피리 부는 악공에게 음악을 연주하게 하고는 그대로 앉아 새벽을 맞이하였는데, 특히 그는 천왕봉에서 하룻밤을 묵으면서 일몰과 월출 그리고 일출 세 가지를 모두 보게 된, 몇 안 되는 행운아였다. 실제 일출을 보고 난 후 남여를 메고 따라 온 승려들이 세 가지를 모두 본 것을 축하하는 말을 올리기도 하였다.

그러나 무엇보다 일출을 염원하는 그들의 간절한 바람은 성모에게 올리는 기도에서 엿볼 수 있다.

새벽 무렵 일출을 보려고 일월대에 올랐다. 4월 초1일이었다. 사방으로 온 세상을 둘러보니, 온통 태초의 아득한 기상이었다. 먹구름과 세찬 바람이 계속해서 그치질 않았다. 나는 성모聖母에게 입으로 빌기를 "제가 이 산을 우러른 지 오래되었습니다. 올해 늦봄에야 험한 산길을 헤치고 계곡물을 건너 정상에 올랐으니 일출을 보기 위해서입니다. 그런데 정성이 지극하지 않아서인지 운사雲師가 장난을 칩니다. 비록 공자께서 태산泰山에 올라 천하를 작게 여긴 유람은 사모하지만, 한문공韓文公이 형산衡山의 구름을 걷히게 한 글솜씨가 없음을 부끄럽게 여깁니다. 어쩔 줄 몰라 하고 답답해하며 좋은 날씨를 만나지 못할까 두렵습니다. 성모님께 엎드려 바라오니, 신의 은혜로움을 내리셔서 산과 바다가 저절로 드러나고 만 리까지 훤히 보이게 해주시어, 저로 하여금 청명한 경관을 볼 수 있도록 신의 은총을 내려주시옵소서."라고 하였다. 〈하익범河益範, 「유두류록遊頭流錄」〉

하익범은 천왕봉에 올랐을 때 먹구름이 잔뜩 끼고 세찬 바람이 불어와 일출을 볼 수 없을까 애태웠다. 당나라 때 한유韓愈는 형산을 유람할 적에 형악묘衡嶽廟를 참배한 후 신에게 맑은 날씨를 기원하는 기도를 올렸고, 그 감응 때문인지 형산의 모습을 온전히 볼 수 있었다. 이때 한유가 행했던 기도나 그가 지었다는 시는 조선시대 선현들에게 꽤나 회자膾炙되었다. 김종직 또한 천왕봉 아래 성모

시산제始山祭
새해 첫 산행 때 그해 무사산행을 기원하며 지리산신에게 제사를 올린다

묘聖母廟에서 일출을 보기 위해 날씨를 맑게 해달라는 제사를 올릴 때 평소 공자와 한유의 유산을 흠모해 왔다고 피력하였다. 하익범 역시 한유가 그랬듯 일출을 보고자 하는 염원을 성모에게 보여주고자 하나, 한유와 같은 문장 솜씨가 없어 성모를 감동시키지 못할 것임을 안타까워하면서, 성모의 은총으로 일출을 볼 수 있게 해주기를 간절히 기원하고 있다.

일출을 보기 위해 날씨가 쾌청하기를 기원하며 성모에게 기도하는 행위는 초기의 김종직에게서부터 나타난다. 그는 길 안내를 맡았던 승려 해공海空과 법종法宗이 속설을 들먹이며 이렇게 하면 날씨가 갠다고 하자, 사당에 들어가 술과 과일을 차려 놓고서 보름달을 보지 못할까 두려워 마음이 조급하고 답답하다고 하였다. 이후 김종직의 이러한 행위는 유학자로서 이단異端인 성모에게 제사를 지냈다는 것으로 구설수에 오르고, 이후 유람자들은 직접 제물을 차려 제사를 올리기보다는 하익범처럼 입으로만 기도하는 형식으로 자신의 염원을 빌고 있다.

높은 지대일수록 기후 변화가 많아 일출을 구경할 수 있을 지 예상할 수 없다. 맑고 화창한 날씨였다가도 금방 먹구름이 잔뜩 끼여, 앞서 가는 사람의 뒤통수도 분간하지 못할 만큼 변덕스런 날씨가 많다. 이갑룡李甲龍은 일출을 보기 위해 천왕봉 성모사에서 3일을 보냈다. 그의 일행은 유람 이틀째 되는 날 법계사法界寺에서 점심을 먹은 후 천왕봉을 향해 올라가는데, 내려오던 사람이 "오늘도 어제처럼 맑고 구름이 없어 일출과 월출을 잘 볼 수 있을 것입니다."라고 하여, 모두 기운을 내어 힘차게 올라갔다. 그런데 불과 몇 발자국 오르기도 전에 한 떼의 구름이 서쪽에서 몰려 와 잠깐 사이에 지척이 분간되지 않았다.

그 다음날은 운무가 전혀 걷히질 않아 아무 것도 볼 수 없었고, 그 다음날도 아침엔 잔뜩 흐렸던 날씨가 개였다 흐렸다를 반복하였다. 운무가 끼여 어둑해지고 비바람이 갑자기 불어 닥쳐 유람자들의 마음을 불안하게 하는가 하면, 큰 바람이 갑자기 불어와 운무를 싹 걷어내어 씻은 듯한 전경을 눈앞에 펼쳐 보이기도 하였다. 이갑룡은 그제야 일월대에 올라 사방을 제대로 조망하며 감탄하였다. 그는 1754년 5월 10일부터 7일 동안 덕산에서 중산리를 지나고 법계사를 거쳐 천왕봉에 올랐던 인물로, 2박 3일 동안 성모사에 묵으면서 일출·일몰·월출을 보고자 했으나, 변덕스런 날씨 탓에 제대로 된 일출과 일몰 그리고 월출을 본 것은 아니었다. 그렇지만 틈틈이 갠 날씨 덕에 이미 떠오른 해와 달을 감상할 수 있었던 것만으로도 평생의 소원을 풀었다고 감격해 하였다.

일출을 보고자 하는 염원은 이렇듯 기나긴 밤의 괴로움도 거뜬히 견뎌낼 수 있게 하였다. 지난밤의 불편함과 고통이 아무리 크다할지라도, 온 세상이 캄캄한 가운데 저 멀리 동쪽 바다에서 솟아오르는 한 줄기 붉은 빛을 보는 그 순간 모든 상념이 사라지고, 오직 벅차오르는 환희만이 가슴 가득 남아있을 뿐이었다.

금쟁반이 눈 아래에서 솟아오르네

진정 아름다운 풍광을 만나면 어떤 말도 입 밖으로 내지 못한 경험이 있을 것이다. 그 어떤 말이나 행동으로도 표현할 수 없지만, 그 순간의 감동만은 놓치지 않고 담아두고 싶어 한다. 그래서 머리로 두 눈으로 그리고 가슴으로 새기고 기억하려 애쓴다.

그러나 그 순간의 감동을 기록하지 않고 기억으로만 남겨두려 한다면, 그것은 기억하지 않는 것이나 매한가지이다. 시간의 흐름 속에서 기억이란 것이 얼마나 헛되고 부질없는 것인지 알지 않은가. 시간의 힘을 이겨낼 기억이란 것이 존재하던가. 이를 알기에 선현들은 보고 느끼고 기억하는 모든 것들을 기록해 남기려고 무던히도 애썼는지 모르겠다.

후세에 이름을 남겨 기억되고자 하는 인간의 욕구는 또 다른 헛된 욕심을 불러일으키기도 한다. 산행 도중 만나는 바위에 새겨진 수많은 이름들이 이를 말해준다. 풍광 좋은 곳의 바위에는 빼곡히 적은 이름들이 있다. 박치복朴致馥은 천왕봉에 올라 일행들이 바위에 이름을 새기려 하자, "전에 이름을 새긴 것도 모두 마모되어 누가 누구인지 모르는 경우가 많다. 그렇다면 바위에 이름을 새기는 것이 무슨 소용이 있겠는가."라고 하며, 그만두게 한 일화가 보인다.

바위에 이름을 새기는 것의 무모함을 호되게 지적한 인물로는 단연 남명南冥 조식曺植을 들 수 있다. 그는 청학동을 유람하면서 바위에 새겨진 이름들을 보며 불편한 심기를 다음과 같이 표현하였다.

2007년 1월 1일 치밭목 일출
(조용섭 작)

용유담의 이름 석각

　　아마도 썩지 않는 돌에 이름을 새겨 억만 년 동안 전하려 한 것이리라. 대장부의 이름은 마치 푸른 하늘의 밝은 해와 같아서, 사관史官이 책에 기록해두고 넓은 땅 위에 사는 사람들의 입에 오르내리려야 한다. 그런데 사람들은 구차하게도 원숭이와 너구리가 사는 숲 속 덤불의 돌에 이름을 새겨 영원히 썩지 않기를 바란다. 이는 나는 새의 그림자만도 못해 까마득히 잊혀질 것이니, 후세 사람들이 날아가 버린 새가 과연 무슨 새인 줄 어찌 알겠는가? 두예杜預의 이름이 전하는 것은 비석을 물속에 가라앉혀 두었기 때문이 아니라 오직 하나의 업적이 있었기 때문이다.　　〈조식曺植, 「유두류록遊頭流錄」〉

　　진晉나라 두예는 자신의 이름을 후대에 전하기 위해 자신의 공적을 새긴 비석 두 개를 만들었다. 하나는 현산峴山 꼭대기에 세우고, 다른 하나는 만산萬山 기슭의 못 속에 가라앉혀 두었다. 그러나 두예는 정작 『춘추좌씨전春秋左氏傳』의 주석서註釋書인 『좌씨경전집해左氏經傳集解』를 지은 업적으로 후대에 이름을 남기게 되었다. 조식은 돌에 새겨진 이름을 보며 두예가 그랬던 것처럼, 허명虛名을 전하려 애쓰는 속인들의 속성을 꼬집었다.

특히 그가 지리산 유람에서 만난 세 선현 한유한韓惟漢·정여창鄭汝昌·조지서趙之瑞의 유적을 살펴 본 후에 "산 속을 둘러볼 때 바위에 이름을 새겨놓은 것이 많았는데, 세 군자의 이름은 어디에도 새겨져 있지 않았다. 그러나 그들의 이름은 반드시 만고에 전해질 것이니, 어찌 바위에 이름을 새겨 만고에 전하려는 것과 같겠는가."라고 하여, 실질을 무시하고 허상만을 좇는 속된 풍조를 비판하였다.

이렇듯 부질없는 욕망에 의해 이름을 바위에 새겨 남기려는 경우가 있는가 하면, 선현들은 유람을 통한 감회가 세월의 흐름 속에 희미해진 훗날의 기억을 보완하기 위해 기록으로 남겨두려 하였다. 특히 천왕봉에서의 일출은 평생의 염원이었던 만큼 그 순간의 감회를 최대의 찬사와 극치의 문학적 표현을 구사하여 표출하였다.

아래에서 소개하는 일출 장면의 묘사는 당대 지식인이자 문장가들의 글이다. 그들의 붓끝에서 나온 문학적 찬사에 무슨 말을 더하랴. 어떤 미사여구美辭麗句로 그려내려 해도 그것은 사족蛇足일 뿐이다. 그저 그들과 함께 조용히 감상하며 일출을 맞이해 보는 수밖에.

① 해가 막 떠오를 적에는 마치 금쟁반이 눈 아래에서 솟아오르는 듯하고, 파도가 겹겹이 밀려오는 듯하였다. 그 밝은 빛이 먼저 천왕봉 정상을 비추었는데, 산 뒤쪽은 여전히 어두컴컴하여 채 날이 밝지도 않았다. 〈이륙李陸, 「유지리산록 遊智異山錄」〉

② 한참 동안 앉아 기다리니, 밝은 빛이 점점 선명해졌다. 붉은 기운이 하늘에 비추자, 동방이 밝아지기 시작했다. 해가 떠오르려 하자 붉은 구름이 만 리에 뻗치고, 서광이 천 길이나 드리웠다. 해가 불끈 솟아오르니 여섯 마리 용이 떠받들고 나오는 듯하였다. 천오天吳 바다의 신은 달아나 숨고, 해약海若 바다의 신은 깊숙이 숨어버렸다. 자라는 놀라 뛰어오르고, 파도는 거세게 솟구쳤다. 해가 하늘에 솟자 온 세상이 환해졌다. 작은 바다의 미세한 티끌이나 터럭도 낱낱이 헤아릴 수 있게 되어, 깊숙이 숨어 사악한 짓을 하는 무리들이 그 안에서 농간을 부릴 수 없었다. 〈양대박梁大樸, 「두류기행록頭流紀行錄」〉

③ 6일(丁未). 맑음. 새벽에 일어나 의관을 정제하고, 추로주秋露酒를 한두 잔 마셨다. 따라 온 사람들이 "동방이 밝아옵니다."라고 하여, 나는 여러 사람들과 동쪽 바위 위에 올라가서 해가 뜨기를 기다렸다. 검은 구름과 붉은 구름이 동쪽 하늘가에 드리웠는데, 어제 저녁 해가 질 때의 모양과 같았다. 해가 솟아오를수록 구름 기운은 점차 흩어졌다. 온 하늘 아래는 찬란한 빛이 밝게 퍼져 마치 임금이 임어臨御할 때 등불이 찬란하고 궁궐이 삼엄하며, 오색구름이 영롱하고 온갖

관리들이 옹립해 호위하며, 아랫사람들이 제자리에 서 있어서 사람
들로 하여금 감히 거만하지 않고 공경하는 마음을 일으키게 하는
것과 같았다.   〈박여량朴汝樑, 「두류산일록頭流山日錄」〉

④ 일월대에 올라가니, 저 멀리 바다와 하늘이 맞닿은 아득한 가운
데서 붉은 햇무리가 먼저 둘러싸고 바다 밑은 온통 흔들거렸다. 잠시
후 해가 고개를 내밀다가 도로 가라앉아 버렸다. 이렇게 하기를 서너
차례 한 뒤에야 비로소 하늘로 솟아올랐다. 참으로 기이했다. 생각
건대 해는 하늘의 끝에서 나오는데, 그 사이에 동해 바다의 물결이
산처럼 서 있으니, 해가 솟았다가 도로 가라앉는 것이 아니다. 파도
가 높으면 해가 가려지고, 파도가 낮으면 해가 드러나니, 그 이치는
헤아리기 어렵다.   〈정식鄭栻, 「두류록頭流錄」〉

⑤ 얼마 지나지 않아 점점 붉은빛으로 물들어 금가루를 뿌린 듯
오색찬란한 무늬를 이루었으며, 천변만화가 꿈틀꿈틀 계속 이어졌
다. 세상을 내려다보니, 들판은 어둠침침하고 봉우리들만 어렴풋이
드러나 해가 저물기 시작할 때와 같았다. 우리가 앉아 있는 곳과
해가 뜨는 지역은 이미 밝아져 가느다란 털도 셀 수 있을 듯하였다.
두 식경食頃 쯤 앉아 있자 붉은 구리쟁반 같은 해가 바다 속을 비추
며 떠올랐다가 다시 일그러지며 들어갔으니, 파도가 삼켰다가 토했
다가 했기 때문이다. 한참 시간이 흐르자 비로소 둥실 하늘로 떠올랐
는데, 천연 그대로의 한 송이 연꽃 같았다. 함께 따라온 자들이 모두
환호성을 질렀다. 일월대 아래로부터 바다 밑까지 몇 천리나 되는지
알 수 없을 만큼 아득하였고, 안개가 자욱하여 그 끝을 볼 수 없었다.

기러기가 높이 날더라도 내 머리 위에 있지는 못할 것이며, 해·달·별들도 손을 뻗어 잡을 수 있을 듯하였다.

〈남주헌南周獻, 「지리산행기智異山行記」〉

⑥ 대지는 어둠에 잠겼고, 모든 생명체는 잠에 빠져 있었다. 붉은 빛으로 물들어 있는 곳이 동방인 줄 알았다. 밝고 노란 빛이 대지를 뚫고 나와 미세한 것들까지 두루 비추었다. 그래서 천근天根과 바다 끝은 멀고 구릉과 습지는 미세한데도, 하나하나 다 지적할 수 있었다.

잠시 후 진홍색이었다가 적색으로 변하고, 다시 적색이 변하여 자색이 되었다. 환히 빛나고 일렁거려서 이름 하거나 형상할 수 없었다. 나머지 햇무리가 동쪽에서 북쪽으로, 또 동쪽에서 남쪽으로 퍼졌다. 양쪽 아래가 점점 길어지더니 고리처럼 서로 합했다. 그 아래 하얀 기운이 또 그것을 둘렀다. 상서로운 구름이 어지러이 돌면서 요동쳤는데, 비낀 것은 수도隧道와 같고, 선 것은 아독牙纛과 같았다. 때론 우산 덮개처럼 흔들리고, 때론 장막처럼 감쌌다. 그 모습이 마치 은으로 만든 누대와 금으로 장식한 대궐에 모난 지붕이 빽빽하게 늘어선 것 같기도 하고, 천자가 타는 수레의 깃발과 뒤따르는 수레들이 정연하게 호위하며 이어지는 듯도 하였는데, 모두 한 곳을 향해 모였다.

조금 뒤 하나의 불덩이가 먼저 올라오더니 수많은 불꽃이 연이어 타올랐다. 광채가 강렬하고 밝아 길게 늘어선 모습이 마치 불을 밝힌 성[火城]과 같았다. 그 성의 중간이 열리더니 둥근 해가 솟아나왔다. 아래로는 은쟁반이 그 해를 받치고 있었는데, 너무 광활하고 썰렁하여 광채가 없는 듯하였다. 떠오른 해의 모양은 돌미륵 부도탑처럼 길쭉한 대머리였다. 그 모양이 점차 낮아지고 평평해지더니 와불臥佛이나 긴 배처럼 길쭉해졌다. 다시 합쳐져서 동이·술독·바리때·

징·북의 형상으로 바뀌었다. 모나기도 하고 둥글기도 하여 일정함이 없으며, 길어졌다 넓어졌다 하는 것이 순식간에 일어나 바로 볼 수 없었다. 해가 바다 위로 한 자쯤 솟아오르자, 주변의 붉은 기운이 점점 소멸하였고, 불빛도 점차 쇠미해졌다. 찬란한 태양이 완연하게 동쪽 하늘에 뜨자, 아침 햇빛이 대지에 가득하였다.

〈박치복朴致馥, 「남유기행南遊記行」〉

또 다른 진풍경, 천왕봉 일몰과 월출

천왕봉 일출을 보기 위해서는 산꼭대기에서의 하룻밤 유숙이 불가피하다. 그날 밤의 변화무쌍한 날씨가 최대의 변수이긴 하나, 일출 못잖은 진풍경을 볼 수 있었으니, 바로 일몰日沒과 월출月出이었다.

사실 유산기를 살펴보면 일출에 비해 일몰과 월출은 그다지 비중 있게 기록하지 않았다. 천왕봉에 올라 세상을 조망하는 그 감회가 가슴을 충만하게 하였으나, 산꼭대기에서의 추위와 변덕스런 날씨, 불편하기 그지없는 잠자리 등이 아무런 의욕도 없게 만들었던 것이다. 그 와중에서도 대자연이 주는 선물인 듯 잠깐 사이의 일몰 광경과 월출, 손에 잡힐 듯 맑은 하늘의 초롱한 별빛들은 그 모든 악조건을 감내케 하는 또 하나의 즐거움이었다.

대체로 일몰 광경은 짧은 순간에 이루어졌고, 일출만큼이나 구경하기가 어려웠다. 기후변화가 심하여 일몰의 장관을 보여주다가

통천문에서 바라본 지리산 능선(김기훈 작)

도 금세 거센 비바람이 몰아치기 일쑤였기 때문이다. 박래오는 머지않아 해가 질 것이라는 성모사 당지기의 말에 일행과 함께 학수고대하고 있었다. 그런데 잠깐 사이 한 떼의 구름이 일어나더니 수평선을 가려버려, 넓고 어둑한 바다 너머로 떨어지는 해를 더 이상 볼 수 없었다. 다만 온 하늘에는 지는 해의 붉은 빛이 사방으로 퍼져 구름 사이사이로 은은하게 비치는 것이 마치 무지개가 떠오르는 듯 황홀한 광경을 연출하였다. 그것만으로도 또 하나의 진풍경이었다.

그러나 일몰의 장관을 오롯이 완상玩賞하는 이도 간혹 있었다. 박여량朴汝樑 일행은 천왕봉 성모사 곁 바위 위에서 일몰을 기다렸다. 떠가던 검은 구름 한 떼가 서쪽 하늘가에 길게 뻗치고, 석양빛에 봉우리와 골짜기가 천만 가지 기이한 형상을 자아냈다. 다시 붉은 구름 한 줄기가 검은 구름 밖으로 길게 드리우더니 그 모양이 끝없이 변해 예측할 수 없었다. 잠시 후 해가 서쪽 산으로 넘어가고, 어두워진 온 세상엔 별과 달이 희미하게 비추고 바람도 거세어졌다. 박여량은 일몰의 순간을 맞이한 후 마치 혼돈 속에 있는 것처럼 어슴푸레하다고 하였다. 송광연朱光淵은 "지는 해를 공경히 전송했다."고 한 후, 자신이 일찍이 영동嶺東 지방을 유람할 때 곳곳에서 일출을 구경하였으나 일몰은 처음 보았으니, 평생 바라던 소원을 성취했다고 감격해 하였다.

천왕봉에 오른다는 열망과 일출을 볼 수 있을까에 대한 염려와 기대 등에 묻혀 그다지 조명을 받지 않았던 일몰 현상은 이렇듯 의외의 감격과 즐거움을 안겨주었다. 박장원朴長遠 일행은 둥근 해가 바다 속으로 떨어지고 괴이한 기운과 어스름한 노을 사이에서 삼라만상이 그 모습을 드러내는 것을 보았다. 사람들은 모두 박수 치고 놀라며 "저것은 무슨 경관인가. 어찌하여 우리들로 하여금 저 장관을 구경하게 한단 말인가."라는 말로 그 순간의 감동을 전하였다.

박장원은 제대로 된 일몰과 월출, 그리고 일출 세 가지를 오롯이 구경한 억세게 운 좋은 사람이라 할 수 있다. 일몰 후 판잣집을 날려 버릴 것만 같은 세찬 바람이 휘몰아쳐 일행들을 두렵게 하였으나, 한밤중이 되자 바람은 진정되었고, 달이 뜨자 별빛은 쓸쓸히 빛났다. 달빛과 별빛이 서로 비춰 온통 은색의 세상으로 변하였다. 일월대 위에 앉아 이렇듯 황홀한 밤하늘을 쳐다보며 악공이 연주하는 음악을 감상하였고, 그대로 앉은 채 떠오르는 찬란한 아침 해를 맞이하였다. 그리고는 다음과 같은 시를 지었다.

천왕봉 위에 올라 일몰을 보고 나서	天王峯上觀日沒
월출 일출 세 가지를 모두 보았네.	月生日出三者兼
중들은 칭찬하네, 전에 없던 일이라고	僧言奇事曾無有
하늘이 준 이번 유람 참으로 좋구나.	天餉玆游固不廉

박장원 일행의 남여를 메었던 승려들이 일출을 보고 난 후, "우리들이 지금까지 남여를 메고 이 봉우리에 오른 것이 헤아릴 수 없이 많습니다. 그러나 해가 지고 달이 뜨고 해가 떠오르는 것, 이 세 가지를 모두 본 것은 거의 한두 번도 없습니다. 우리 공들께서 신선술을 터득한 것이 아니겠습니까. 우리 공들께서 신선술을 터득한 것이 아니겠습니까."라고 하여, 그 감동의 순간을 전하였다. 세 가지 중 하나를 보려면 3대가 공적을 쌓아야 한다고들 하는데, 세 가지를 한꺼번에 보았으니 그 흥분된 감격의 순간을 짐작하고도 남음이 있다.

천왕봉에서의 월출과 성출星出 또한 보기 드문 진풍경이다. 물론 천왕봉 꼭대기에서의 변덕스런 날씨 탓에 이런 행운을 얻기란 쉽지 않았다. 여기서의 성출은 쏟아져 내릴 듯 밤하늘에 떠 있는 무수한 별들의 향연饗宴도 물론 진풍경이지만, 수성壽星인 남극성南極星을 기다리는 그 염원도 일출 못잖은 것이었다.

『진서晉書』천문지天文志에 의하면, 남극성은 남쪽에 있는 별인데

평상시 병방丙方에서 나타났다가 정방丁方으로 사라진다고 한다. 병방丙方은 5시 방향이고, 정방丁方은 7시 방향이니, 실제 하늘에 떠 있는 시간은 2시간 정도에 불과하다. 주로 춘분에는 저녁에, 추분에는 새벽에 보이는데, 특히 추분날 저녁에 가장 잘 보인다고 한다. 이 별이 나타나면 세상이 태평하게 다스려지고, 이 별을 보는 자는 장수長壽한다고 믿었다. 이 때문에 남극성은 수성壽星이라고도 하고, 노인성老人星이라고도 불렀다. 5시 방향에서 떴다가 7시 방향으로 잠깐 사이에 떨어지는데, 그나마도 남쪽 하늘에서만 볼 수 있는 별이다. 그래서인지 남극성을 보기 위해 주로 제주도 한라산이나 남해 금산錦山을 찾아가는 기록이 여럿 보인다.

법계사 삼층석탑

지리산 또한 우리 국토의 남단에 위치하니, 지리산에 오르면 남극성이 보인다는 속설이 있었다. 때문에 이곳에 올라 밤을 지새우는 사람은 남극성을 볼 수 있기를 염원하였다. 황준량黃俊良 1517~1563은「천왕봉天王峰」이란 시에서 "남극성은 노을 진 하늘에서 빛나네."[南極星臨彩映空]라고 읊었으니, 그가 천왕봉에서 남극성을 보았음을 알 수 있다. 심석재心石齋 송병순宋秉珣 1839~1912도 법계사法界寺에 묵으면서 일행과 함께 남극성을 염원하는 모습을 볼 수 있다. 송병순은 1902년 2월 3일부터 40일 간 합천 → 덕산 → 중산리 → 천왕봉을 올랐다가 함양 → 안음 → 거창을 거쳐 귀가하는 일정으로 지리산을 유람하였다.

지리산에서의 월출과 남극성을 제대로 감상한 인물은 연재淵齋 송병선宋秉璿 1836~1905이다. 그는 1879년 8월 1일부터 10일 동안 칠불암을 기점으로 대성골로 올라가 천왕봉에서 일출을 구경한 후 덕산 → 산청 환아정換鵝亭 → 함양 → 남원을 거쳐 귀가하는 일정으로 유람하였다.

그의 일행은 일출을 기다리기 위해 일월대에 앉아 밤을 지새울 요량이었다. 그들이 천왕봉에 올랐을 때가 마침 추분인지라, 송병선은 은연 중 새벽녘에 남극성을 볼 수 있기를 고대하였다. 출발에 앞서 칠불암의 승려가 천왕봉에서 남극성을 볼 수 있으리라는 말을 전했기에 더욱 기대하고 열망하였다. 특히 남해 금산에 올라서도 노인성을 보지 못했던 그 한스러움이 남아있던 터라 잔뜩 기대하였다. 그런데 갑자기 먹구름이 장난을 쳐서 안타깝게도 기회를

잃게 되자 실망하고서 장터목으로 내려갔다가, 밤이 되자 미련을
버리지 못하고 다시 일월대에 올랐다.

　그러자 그의 염원을 알아주기라도 하듯, 그날 밤은 달이 환하게
떠올랐다. 구름 한 점 없는 맑은 하늘에 휘영청 밝은 달빛이 온
세상을 비추었다. 송병선은 "사람 마음도 밤기운도 모두 한 점 티
끌이 없으니, 신선세계의 진인眞人을 만난 듯하였다."고 하여, 그
당시의 감회를 풀어내었다. 남극성을 보지 못한다 해도 아쉬울 것
이 없는 진정 아름다운 월야月夜였다.

　새벽녘이 되자 유난히 큰 별이 남쪽 하늘 끝에서 떠올랐다. 형

체와 크기는 반달 같았고, 빛깔은 부드러운 자줏빛으로 밝게 빛나 뭇 별들에 비해 도드라져 보였으며, 그 곁의 작은 별들이 따르고 있었다. 그는 단박에 그것이 남극성임을 알 수 있었다. 그 오랜 염원을 푼 것만도 기쁘고 즐거운 일인데, 오래지 않아 일출까지 보게 되어, 송병선 또한 천왕봉의 진풍경 세 가지를 모두 감상한 행운아가 되었다. 일월대 주변은 늘 구름과 노을이 감싸고 있어 천왕봉에 오른 자들이 비바람을 만나기 쉬운데, 자신이 이 모든 것을 볼 수 있었던 것은 오로지 지리산 신령의 음덕陰德을 입은 것이라 감격해 하였다.

이렇듯 지리산은 다양한 진풍경을 지녔건만, 그 진면목을 누구나 감상할 수 있는 것은 아니었다. 부지런히 복福을 짓고 선善을 쌓는다면, 그런 사람에게만 이런 진면목을 다 보여주는 것인가.

06

천왕봉을 노래하다

『모시毛詩』 대서大序에 "시詩라는 것은 뜻이 가는 바이니, 마음에 있으면 뜻이 되고 말로 드러나면 시가 된다."고 하였다. 이 구절은, 사람의 감정과 글과의 상관관계를 표현한 것으로는 가장 많이 인용되는 말이다. 사람의 마음속에서 싹튼 정감을 말로 표현해 낸 것이 바로 시이다. 이는 어떤 특정한 순간 그 사람의 정감을 포착해내는 가장 좋은 매개가 바로 시라는 표현이기도 하다. 이제부터 지리산 천왕봉 꼭대기에 올라 선 선인들의 마음속으로 들어가 보자. 그들이 그곳에서 지리산을 찬양한 그 노래 소리를 들어보자.

다시 천왕봉에 오르다 再登天王峯

김종직金宗直

오악은 중원 땅을 진압하고 있는데	五嶽鎮中原
그중 동쪽 태산이 뭇 산의 조종이네.	東岱衆所宗
어찌 알았으랴 바다 밖에	豈知渤澥外
이렇게 웅혼한 두류산 있을 줄을.	乃有頭流雄
곤륜산은 아주 오랜 옛날부터	崑崙萬萬古
지축이 되어 동서로 통했다네.	地軸東西通
천지의 머리와 끝을 연결했으니	幹維掣首尾
조화의 공을 상상할 만 하도다.	想像造化功
아, 나는 신선의 자질 부족해서	繄我乏仙骨
티끌세상 오래도록 떠돌다가	塵埃久飄蓬
옛 속함 고을 원이 되어 오니	牽絲古含速
이 산이 고을 백 리 안에 있구나.	玆山在雷封
마천곡에서 추수를 살펴보니	省斂馬川曲
절기는 바로 한가을이라네.	時序秋正中
두서넛 사람들 데리고서 올라	試携二三子
천왕봉에서 달구경 하려 했네.	翫月天王峯
덩굴 잡고 힘껏 오르내리면서	捫蘿恣登頓
다리 힘을 지팡이에 의지했는데,	足力寄短筇

산신령이 장난을 치시는 듯	山靈似戱劇
안개와 비에 폭풍까지 부는구나.	霧雨兼顚風
마음을 가다듬고 조용히 기도하며	齊心且默禱
가슴 속 티끌 말끔히 씻어버렸네.	庶盪芥滯胸
오늘 아침 갑자기 맑게 개이니	今朝忽淸霽
신령이 나의 충심 헤아린 듯하네.	神其諒吾衷
천왕봉에 다시 오른 노고도 잊고서	遂忘再陟勞
정상에서 아득한 우주 밖을 보는구나.	絶頂窺鴻濛
광대한 첩첩 봉우리들 굽어보니	浩浩俯積蘇
천지의 울타리 벗어난 듯하구나.	如脫天地籠
뭇 산은 만 리 밖에서 조회하는 듯	群山萬里朝
눈 아래로는 높은 산이 없구나.	眼底失窮崇
북녘으로 한양을 바라보는데	北望白玉京
남녘으로 날던 기러기 사라지네.	滅沒南飛鴻
눈앞에 펼쳐진 검은 바다는	溟海卽咫尺
하늘과 닿아 청동을 간 듯 검푸르네.	際天磨靑銅
아득히 떨어져 있는 오랑캐 지역	乖蠻與隔夷
비구름에 뒤섞이어 가물가물하네.	雲水和朦朧
멀리 보면 방향을 잃은 듯 흐릿하지만	遠瞻若迷方
가까이 보면 기이한 광경에 흐뭇.	近挹忻奇逢
푸른 나무 꾸불꾸불 절벽에서 춤을 추듯	蒼虯舞素壁
붉은 해는 맑은 하늘에 낮게 드리웠네.	赤羽低晴空
수많은 골짜기마다 물은 세차게 흐르는데	萬壑水奔流

굽이굽이 내려가며 무지개를 드리웠네.	逶迤拖玉虹
신선 사는 첩첩의 골짝에 숨어 있어	十洲隱積皺
가리키며 바라보아도 모두 같은 듯하네.	指顧面面同
뭇 봉우리들 모두 나지막이 솟아 있어	諸峯悉醖藉
자손들이 조상을 따르는 듯하네.	有似兒孫從
오직 반야봉이 높이를 겨루려는 듯	般若欲爭長
붉은 기운이 축융봉을 덮은 듯하네.	紫蓋於祝融
그립구나, 청학동이여!	懷哉靑鶴洞
천 년토록 신선의 자취 감추었네.	千載秘仙蹤
길게 읊조리며 비탈길 내려오니	長嘯下危磴
금방이라도 선계 동자 만날 듯하네.	如將値靑童
바람 부는 잔도엔 옅은 안개 일어나고	飈梯起輕霧
석양은 단풍을 환하게 비추네.	返照明丹楓
비록 둥근 달은 보지 못했지만	雖負端正月
참된 근원 이제 다 찾아보았네.	眞源今已窮
갑자기 흐려졌다 갑자기 개이니	倏陰而倏晴
천신의 호의에 고맙다는 글 올리리.	厚意賤天公
발에 물집이 생긴 것도 개의치 않고서	累繭不足恤
청련궁에서 이틀 밤을 묵고 간다네.	信宿靑蓮宮
내일이면 신선 세계 하직하고서	明朝謝煙霞
다시 세속의 일에 분주하겠지.	繩墨還悤悤

✳ 저자 소개

김종직金宗直 1431~1492의 자는 계온季昷·효관孝盥, 호는 점필재佔畢齋, 본관은 선산善山이다. 김숙자金叔滋의 아들이다. 1431년 6월 밀양부密陽府 서대동西大洞에서 태어났다. 16세 때인 1446년 과거시험에 응시하여 낙방하였으나, 그때 지은 「백암부白巖賦」가 세종의 마음에 들어 영산현靈山縣 훈도訓導에 임명되었다. 이후 이조참판·예문관제학·병조참판·공조참판 등을 지냈다. 56세 때 왕명으로 『동국여지승람東國輿地勝覽』을 편찬하기도 하였다.

41세인 1471년 함양군수로 나아가, 그 이듬해에 두류산을 유람하고 「유두류록遊頭流錄」을 지었다. 이 시기에 일두一蠹 정여창鄭汝昌과 한훤당寒暄堂 김굉필金宏弼이 찾아와 수학하였다. 저술로 『점필재집』·『청구풍아靑丘風雅』 등이 있다.

✳ 저작 동기 및 감상

김종직은 1471년 봄 함양군수로 부임하였는데, 두류산이 관할 경내에 있어 고개만 들면 눈 안으로 들어왔다. 그러나 때마침 흉년으로 조처할 일이 많아 유람할 여유가 없었다. 그것이 못내 아쉬웠던 그는 부임한 지 2년째 되던 해 중추절에 맞추어, 보름날 밤 천왕봉에서 월출과 일출을 구경하고 사방을 조망해보리라는 기대를 안고, 4박 5일의 일정으로 천왕봉에 올랐다.

그의 일행은 유람 이틀째 되던 날 저녁 천왕봉에 올랐다. 안개가 자욱하고 바람도 거센 날씨였으나 일출을 보기 위해 그날 밤 천왕봉 아래 성모사에서 묵었다. 일출을 보지 못할까 염려되어 성모에게 제물을 차려놓고 맑은 날씨를 기원하는 제사를 올리기도 했으나, 그 다음날 비바람이 더욱 거세져 향적사로 내려와 하루를 더 묵었다. 그날 저녁이 되어서야 날씨가 개여 다음날 새벽 마침내 일출을 볼 수 있었다.

이 시는 일출을 보기 위해 다시 천왕봉에 올랐을 때 지은 것으로, 유람과 관련한 저간의 여러 사정이나 천왕봉 꼭대기에서 세상을 조망하는 감회를 상세히 기술하고 있다.

천왕봉에서의 조망(김기훈 작)

천왕봉에서 노닐며 遊天王峰

남효온南孝溫

두보는 청성산에 들어가서	子美入靑城
청성산에 침도 뱉지 않았네.	不唾靑城地
나는 방장산의 나그네가 되었으니	身爲方丈客
어찌 감히 게으른 마음을 가지랴.	敢作怠惰意
술도 마시지 않고 마늘도 먹지 않고	斷酒不茹葷
새벽까지 앉아서 잠도 자지 않았네.	達曙坐不寐
이른 새벽에 천왕봉 올라 보니	凌晨上上峰
천왕신 모신 사당 높은 곳에 자리했네.	天王神宇邃
옆 사람 절하지 않는다 의심하지만	傍人疑不拜
신에게 아첨함 어찌 부끄럽지 않으리.	媚神寧無愧
태산의 신이 임방보다 못하지 않으니	泰山過林放
천왕봉의 신이 어찌 제물을 받겠는가.	神肯要酒食
바람에게 운무를 거두어 가게 하고	令風收雲霧
우레에게 산의 요괴들 몰아내게 했네.	使雷驅魑魅
용백은 남해를 맑아지게 하고	龍伯淸南海
하백은 상서로운 기운 드리우네.	馮夷呈祥瑞
산과 바다 또렷이 헤아릴 수 있으니	山海歷歷數
눈앞의 경치를 모두 다 볼 수 있네.	可以展淸視

사람 사는 세상 넓고도 넓은데	人間世界廣
머리 위의 밝은 해는 빨리도 지나가네.	頭上白日馳
마음 속 품은 공은 이루지도 못했는데	未收方寸功
인생살이 한바탕 술 취한 듯 보냈네.	百年如一醉
선비들은 명덕을 밝히라 말하고	儒言明明德
신선들은 정기를 다스리라 말하네.	僊言治鼎器
노자는 현빈을 지키라 말하고	老言守玄牝
불가에선 일심을 닦으라 말하네.	佛言修不二
분분하게 말하는 자들이여	紛紛萬說者
누구의 말이 가장 옳은 것일까.	孰爲第一義
높은 곳에 오르니 더욱 처연해져	登臨益慘悽
주자의 생각에 길이 마음 아프네.	永痛朱公思

✳ 저자 소개

남효온南孝溫 1454~1492의 자는 백공伯恭, 호는 추강秋江·행우杏雨, 본관은 의령宜寧이다. 김종직金宗直의 문인으로, 김굉필金宏弼·정여창鄭汝昌·김시습金時習 등과 교유하였다.

25세 때 성종成宗이 재앙으로 구언求言하였을 때 단종의 어머니인 현덕왕후顯德王后의 복위復位를 포함한 여덟 가지 일을 상소하였는데 받아들여지지 않았다. 이후로 세상에 나아갈 뜻을 버리고, 강호에 묻혀 살았다.

32세 때인 1485년 4월 금강산을 유람하고 「유금강산기遊金剛山記」를 지었으며, 9월에는 개성開城을 유람하고 「송도록松都錄」을 지었다. 34세 때 지리산을 유람하고 「유천왕봉기遊天王峯記」와 「지리산일과智異山日課」를 지었다. 저술로 『추강집』·『추강냉화秋江冷話』 등이 있다.

✷ 저작 동기 및 감상

남효온은 1487년 9월 27일부터 10월 13일까지 지리산을 유람하고 2편의 기행문을 썼는데, 「유천왕봉기」는 천왕봉에 올라 사방을 조망하며 산천·물산 등을 열거해 놓은 것이다. 이 글에서는 거대한 지리산에서 나는 각종 물산이 사람들을 이롭게 하는 점을 들어, 이 산이 성인聖人과 유사한 점이 있다고 하였으니, 귀담아 들어볼 만하다. 위의 시 또한 이때 지어진 것으로 추정된다.

남효온은 초기사림의 대표적 인물로, 스승 김종직보다 유학자적 사고가 철저하였다. 지리산에 들어 와 침도 뱉지 않을 만큼 그 우월함을 신성시하면서도, 스승과 달리 성모사 참배를 거부하였고, 위의 시처럼 천왕봉 꼭대기에서 주자朱子를 그리워하는 시를 지었다.

그의 일정은 조선전기의 지리산 유람 가운데, 가장 장거리 코스였던 점을 눈여겨 볼 필요가 있다. 진주에서 출발하여 단속사斷俗寺를 거쳐 덕산 내원사內源寺를 경유, 황금능선을 넘어 법계사를 지나 천왕봉에 오른다. 그리고 다시 주능선을 따라 대성동 의신마을로 내려갔다가, 칠불사를 경유 반야봉으로 오른다. 반야봉에서 노고단 쪽으로 가서 화엄사 계곡으로 내려와 화개 쌍계사로 들어갔고, 불일암을 지나 남부능선을 넘어 오대사에 들러 진주로 돌아왔다. 이 코스는 지리산을 종주한 것은 아니지만, 지리산 남쪽의 유명한 명소는 거의 둘러본 것이 된다.

❶ 내원사 삼층석탑(덕산사)
❷ 대웅전에서 본 화엄사 전경
❸ 칠불사 전경
❹ 오대사

❶ ❷
❸ ❹

두류산 천왕봉에 올라 登頭流山天王峯

고상안高尚顔

방장산의 빼어난 경치를 구경하기 위해	爲探方丈勝
가장 높은 천왕봉에서 하룻밤을 묵었네.	留宿最高峯
서쪽 하늘가엔 길게 드리운 흰 구름	西塞長雲白
동쪽 바다에는 아침 해의 붉은 빛.	東溟旭照紅
남쪽바다 바라보니 유쾌한 구경거리	快睹南遊足
북쪽 향한 겹겹의 기이한 봉우리들.	奇巒北望重
평생 가슴속에 품었던 그 마음	平生介滯志
오늘에서야 말끔히 씻어버렸네.	今日蕩胸中
지리산의 울긋불긋한 가을의 단풍	智異秋容濃又淡
깃대 같은 붓끝으로 어찌 그려내리.	欲模安得筆如杠
진시황은 동자들을 헛되이 보냈구나	秦皇虛遺童男女
신선세계가 예 있음을 알지 못했으니.	不識神仙在此邦

✻ 저자 소개

고상안高尚顔 1553~1623의 자는 사물思勿, 호는 태촌泰村이며, 본관은 개성開城이다. 1573년 진사가 되어 함창현감·삼가현감·함양군수 등을 역임하였다. 40세 때 임진왜란이 일어나, 함창에서 의병대장으로 추대되어 큰 공을 세웠다. 권율權慄의 천거로 무과武科 별시관別試官이 되어 통제영에 차출되었는데, 이때 이순신李舜臣과 수창한 시가 문집에 여러 편 전한다. 「행장」에 의하면 그는 농사에 밝아 농사 관련 저술을 남겼다고 한다. 그리하여 학계에서는 현전하는 「농가월령가農家月令歌」가 그의 작품일 가능성이 크다고 본다. 저술로 『태촌집』이 있다.

✳ 저작 동기 및 감상

『태촌집』에는 위의 두 수 외에 지리산 관련 작품으로 「두류산기우제문頭流山祈雨祭文」이 전한다. 제목 아래의 세주細註에는 '갑오년 삼가에 있을 때이다'甲午在三嘉時라고 되어 있다. 연보에 의하면, 그는 갑오년인 1594년 봄 삼가현감三嘉縣監에 제수되었다. 그해 가뭄이 심하여 기우제를 지내러 지리산에 들어갔다가 천왕봉까지 올랐던 것으로 추정된다.

지리산에서 홍수나 가뭄 때 기우제를 지낸 곳으로는 용유담龍游潭이 유명하다. 김종직이 함양군수로 있을 때 용유담에서 기우제를 올려 효험이 있었다고 전하며, 허목許穆의 「지리산기智異山記」에서도 이를 증명하고 있다. 용유담은 현 경상남도 함양군 마천면 임천강 상류에 있는 못이다. 이곳에서 기우제를 지냈다면 군자사와 하동암을 거쳐 천왕봉까지의 등정은 쉬이 짐작할 수 있다. 고상안 또한 천왕봉에서 하룻밤을 유숙하고 다음날 일출을 보았으며, 공자가 '태산에 올라 천하를 작게 여겼다'고 한 그 기분을 만끽했던 것으로 보인다.

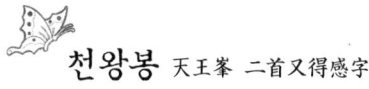

천왕봉 天王峯 二首又得感字

황준량黃俊良

나는 듯이 두류산 정상에 오르는데	飛鳥頭流頂
비 개인 숲엔 이슬 절로 떨어지네.	晴林露自零
너른 바다 하늘 끝에 가물가물 보이고	滄溟天外盡
은하수는 눈앞에서 반짝반짝 빛나네.	銀漢眼前明
해와 달은 교대하듯 지는 순간 떠오르고	日月升沈見
시내와 산은 원근이 모두 평평하네.	溪山遠近平
바람 쐬며 크게 시를 읊조려 보려 하나	臨風欲大嘯
천황신이 놀랄까 두려워 그만두었네.	還怕王皇驚

또 한 수	又
하늘 끝 높은 곳에서 지팡이에 기대서니	凌天高冢倚孤筇
홀연히 소매 가득 서늘한 바람 불어오네.	忽有冷然滿袖風
바라보니 눈 덮인 산은 어디가 끝인지	一望雪山何所極
사방으로 엉키고 맺혀 이 웅장한 산 되었네.	四方融結此爲雄
동쪽에선 아침 해가 붉은 바다에서 떠오르고	東隅日出光蒸海
남극성은 노을 진 하늘에서 빛나네.	南極星臨彩映空
높은 이 천왕봉을 몇 번이나 우러렀던가	幾向彌高勞仰止

오늘에야 이곳에 올라 흉금을 씻어내네.　　　　　今來登岸盪心胸

또 한 수　　　　　　　　　　　　　　　　　　　又

두류산에서 유독 이 천왕봉만이　　　　　　　頭流獨天王
우뚝 솟은 푸른 연꽃 봉우리 같네.　　　　　挺拔靑菖菌
천지는 혼돈의 상태에서 나눠지고　　　　　　天地割鴻濛
음양은 펼쳐졌다 오므렸다 변하지.　　　　　陰陽變舒慘
호수와 산 다투어 공손히 읍하는 듯　　　　湖山爭拱揖
구름과 노을 자욱하게 끼어 있네.　　　　　雲霞積靄晻
며칠 동안 높은 산을 우러르며　　　　　　　數日仰翠微
원숭이와 발걸음을 다투었네.　　　　　　　飛猱步爭敢
이제야 천왕봉에 올라서고 나니　　　　　　今來懸屨底
빙판에 간담이 서늘해지네.　　　　　　　　冰雪生肝膽
원기는 예로부터 똑같겠지만　　　　　　　元氣自古今
빼어난 기운이 여기에 다 모였네.　　　　　秀色盡迎攬
눈을 들어 푸른 하늘 우러르다가　　　　　高觀入靑宵
고개 숙여 깊은 골짝 그윽이 바라보네.　　　幽矚窮玄坎
절벽에 꽂힌 듯 서 있는 사당이　　　　　神廟揷危巓
거센 바람에 흔들리는구나.　　　　　　　橫飆欲掀撼
허름한 벽엔 단청칠을 하였고　　　　　　敗壁畫靑紅
낡은 판자는 얼룩덜룩 물들였네.　　　　　毀板墨濃淡
동남쪽 끝은 큰 바다에 닿아 있어　　　　東南際巨海

자욱한 안개가 검은 바다 뒤덮었네.	昏霧籠暗黯
곤새와 붕새가 바닷물을 흔들어대니	鵾鵬自盪擊
해와 달이 밝았다가 다시 어두워지네.	日月此明暗
땅의 신령 여기에만 두텁게 쌓았으니	坤靈偏積厚
조물주는 응당 유감이 있으리라.	造物應有憾
팔다리처럼 이리저리 뻗은 줄기	破裂分股肢
크고 작은 봉우리 가물가물 보이네.	小大迷觀覽
물정 어두운 선비 실로 견문이 좁아	迂儒實孤僻
반평생 글을 읽고 짓는 것만 알았다네.	半生守鈆槧
나는 듯이 이 정상에 올라서고 보니	絶頂一飛揚
그 황홀한 맛 감람을 맛보는 듯.	佳味嘗橄欖
만 리 먼 곳까지 다 볼 순 없으나	難窮萬里眼
홍취 다해도 다시 감흥이 이는구나.	興盡還生感

❋ 저자 소개

황준량黃俊良 1517~1563의 자는 중거仲擧, 호는 금계錦溪이며, 본관은 평해平海이다. 퇴계退溪 이황李滉의 문인이다. 1540년 식년문과에 급제하여 권지성균관 학유權知成均館學諭가 되었고, 이후 호조좌랑·경상도감군어사慶尙道監軍御使·성주목사 등을 지냈다. 저술로 『금계집』이 있다.

❋ 저작 동기 및 감상

황준량은 1545년 상주향교尙州鄕校의 교수로 있던 초여름에 지리산을 유람하였다. 동행은 동년급제자인 유자옥兪子玉인데, 자옥은 자字인 듯하나 누구인지 자세치 않다. 황준량은 지리산 유람 후 유산기를 남기지 않고, 다만 위의 시 외에도 장편시 「유두류산기행편遊頭流山紀行篇」과 「향적사香積寺」・「금화암金華巖」・「창불대唱佛臺」・「청학동靑鶴洞」・「군자사동君子寺洞」・「용유담 여유동년자옥 해행龍游潭與兪同年子玉偕行」 등의 시가 문집에 실려 있다.

그중 「유두류산기행편」은 유람의 출발에서부터 귀가까지의 일정에 맞춰 지리산에 대한 저자의 인문학적 서술을 포함해 사상적 정감까지 세세히 표현된 대작이다. 이에 대해 스승인 퇴계는 「제황중거방장산유록題黃仲擧方丈山遊錄」이란 시를 남겼다. 유자옥 또한 유람 기록을

천왕봉에서 바라본 반야봉(김기훈 작)

남긴 듯하나 자세치 않고, 다만 그의 작품에 대해 거창에 살던 갈천葛
川 임훈林薰 1501~1584이 후지後識를 붙인 「서유자옥유두류록후書兪子玉遊
頭流錄後」가 전한다.

　「유두류산기행편」과 남은 시를 종합하여 그의 유람 코스를 유추해
볼 수 있다. 함양 학사루學士樓 → 엄천 → 용유담 → 군자사를 경유해
천왕봉에 올랐고, 성모사에서 유숙하며 다음날 새벽 일출을 구경한
후 향적사와 창불대를 거쳐 청학동을 유람하였다. 위 시는 그중 천왕
봉에 올랐을 때 읊은 것으로, 높은 곳에 올라 아래로 세상을 조망하는
감회와 함께 천왕봉 주변의 모습이나 기후 등을 상세히 기록하고
있다.

천왕봉에 올라 <small>上天王峯</small>

이민구 李敏求

맑은 하늘 높은 봉우리 천 길이나 솟았는데	晴霄竦嶽擢千尋
그 위에 올라 그늘진 골짜기 내려다보네.	接上岧嶢俯洞陰
한낮에도 운무가 나무 끝에 덮여 있고	白日雲霞埋樹頂
봄날에도 눈이 덮여 꽃은 필 생각도 못하네.	靑春氷雪禁花心
영웅들이 할거한 일 덧없이 변했는데	英雄割據猶朝暮
높고 깊은 산과 바다 고금에 한가지라.	山海崇深自古今
한평생 분주했던 나 여기 홀로 서니	俯仰百年人獨立
거센 바람에 점점 옷깃이 풀어진다네.	天風稍稍動披襟

※ 저자 소개

　이민구李敏求 1589~1670의 자는 자시子時, 호는 동주東洲·관해觀海, 본
관은 전주이다. 지봉芝峯 이수광李晬光의 아들이다. 1636년 이조참판·
동지경연사를 역임하였고, 이후 도승지·예조참판 등을 지냈다. 문장
에 뛰어나고 사부詞賦에 능하였을 뿐 아니라, 저술을 좋아해 평생
4,000권의 책을 지었다고 한다. 저술로 『동주집』 등이 있다.

✳ 저작 동기 및 감상

이민구의 지리산 유람은 동행이었던 한사寒沙 강대수姜大遂 1591~1658
의 기록을 통해 확인할 수 있다. 강대수의 연보에 의하면 39세인
1629년, 이민구·김선술金善述과 함께 두류산을 유람하였다. 이때 이
민구는 영남관찰사로서 순행을 나왔다가 하동에서 강대수를 만나,
섬진강에서 배를 타고 함양 용유담龍游潭을 거슬러 올라가 백모당白茅
堂에서 1박을 하고, 이어 천왕봉에 올라 하룻밤을 유숙하였다. 『동주
집』에는 위의 시 외에도 「향적사香積寺」·「하용유담下龍游潭」 등의 시
가 보인다. 강대수 또한 「천왕봉」이란 시를 남겼다.

이민구는 천왕봉에 올라 아래로 산하를 굽어보며 그 속에서 살다간
역사 속 수많은 인물의 삶을 회상하였다. 기나긴 세월 속에서도 지리
산은 변함없이 우뚝 솟아 있는데 비해, 그 속에서 태어났다 사라져간
인간들의 삶의 무상함에 서글픔을 표출하고 있다. 그 역시 무상한
삶의 하나이기에 더욱 숙연해짐을 느낄 수 있다.

천왕봉에서 자고 새벽에 일어나 일출을 기다리다

宿天王峯 曉起候日出

양대박梁大樸

무한한 하늘 위의 화려한 궁궐 까마득하니　　瓊臺縹緲大羅天
신선이 아니면 하늘 사다리 오르지 못한다네.　不踏丹梯不是仙
아득한 우주를 바라보니 청탁이 구별되고　　坐睨鴻濛判淸濁
가까이 산 아래를 굽어보니 산과 내가 보이네.　俯臨融結作山川
해는 밤에도 붕새가 나는 하늘 밖에서 돌고　金輪夜轉鵬搏外
수려한 봉우리는 나는 새 옆에 나란히 솟았네.　玉筍秋橫鳥度邊
꼭대기에 꼿꼿이 서 내 머리 비추길 기다리니　高處直須晞我髮
산신령은 아낌없이 운무를 걷어내시기를.　　山靈莫惜斂雲烟

※ 저자 소개

　양대박梁大樸 1543~1592의 자는 사진士眞, 호는 청계도인靑溪道人, 본관
은 남원南原이다. 목사를 지낸 양의梁艤의 아들이자, 양경우梁慶遇 1568-
?의 아버지이다. 호음湖陰 정사룡鄭士龍에게 수학하였다.

　1572년 정유길鄭惟吉의 추천으로 제술관이 되어 중국 사신 한세능韓
世能 및 학사 등달滕達 등과 시를 주고받았다. 40세 때 남원 청계에

정사를 짓고 살았다. 50세 때 임진왜란이 일어나자 의병을 소집하였고, 담양潭陽에서 고경명高敬命과 회합하여 왜적을 대파했다.

만년에 지은 1천여 편의 시를 손수 편집해 묶어 두었는데, 1591년 당시 전주부윤으로 있던 남언경南彦經이 빌려갔다가 임진왜란 때 잃어버렸다고 한다. 이에 아들 양경우와 양형우梁亨遇가 평소 외우고 있던 부친의 시 70여 편과 집에 소장되어 있던 난고亂稿 가운데 1백여 편을 찾아내 2권의 시집으로 편찬하였다. 저술로 『청계집』이 있다.

✳ 저작 동기 및 감상

양대박은 18세 때인 1560년 순천順天으로 가서 부친을 뵙고 돌아오는 길에 두류산을 유람하였는데, 이것이 기록상으로 보이는 그의 첫 번째 지리산 유람이다. 그 후 23세 때인 1565년 신심원申深遠 등과 함께 천왕봉에 올랐고, 38세 때인 1580년 다시 두류산을 유람하였다. 44세에는 오적吳積 등과 함께 두류산을 또 유람하였는데, 그때 「두류산기행록頭流山紀行錄」을 지었다.

위 시는 마지막 유람 때 지은 것으로 추정된다. 『청계집』에 실린 유람 관련 시를 중심으로 살펴보면 「두류산기행록」의 일정과 동일하다. 그들 일행은 천왕봉 성모사에서 하룻밤을 유숙하며 일출을 보았다. 그는 천왕봉에 올랐을 때 상제와 가까운 곳인지라 감히 목소리를 높이지 못할 만큼 조심스러워하였고, 혹 일출을 보지 못할까 염려하여 새벽에 일어나 조용히 기도를 올리기도 하였다. 그리고는 장엄한 일출을 구경하였다.

천왕봉에 올라登天王峰二首

하익범河益範

방장산 높다하나 하늘 아래 있으니	方丈雖高在天下
제군들은 오를 수 없다 말하지 말라.	諸君休道我不能
기를 쓰고 올라가 천왕봉에 앉아서	努力躋攀峰上坐
꼭대기에 더 높은 곳 있음을 보게나.	試看頂上尙餘層
명산이 바다 밖 해동에 있다던데	名山云在海之外
방장산이 그 중 최고로 영험하다네.	方丈其中最有靈
깊숙한 뭇 골짜기 끝없이 펼쳐지고	衆壑深藏下無際
깎아 세운 바위는 창공을 가르는 듯.	千巖削立直磨靑
삼한의 나라는 탄환처럼 작은 땅덩어리	彈丸地小三韓國
허리띠처럼 두른 바다 만 리나 까마득.	寶帶波環萬里溟
여기서 하늘까진 그리 멀지 않으리니	坐我去天知不遠
하룻밤의 신선세계 꿈속에서 깨어난 듯.	一宵仙榻夢魂醒

※ 저자 소개

하익범河益範 1767~1815의 자는 서중敍中, 호는 사농와士農窩, 본관은 진주이다. 남명南冥 조식曺植의 재전문인 창주滄洲 하징河澄의 후손이다.

33세 때 성담性潭 송환기宋煥箕에게 수학하였고, 경호鏡湖 이의조李宜朝에게 예학을 배웠다.

사농와는 산수벽山水癖이 있어 유람을 매우 좋아하였다. 1794년 한양에 갔다가 남한산성을 유람하였고, 1796년에는 황계폭포를 지나 가야산을, 1797년에는 통영의 한산도와 미륵산을 유람하였다. 이 해 겨울에는 산청 회계산會稽山 환아정換鵝亭을, 1799년에는 덕유산을, 1800년에는 한양 청천산靑川山 응봉鷹峯과 속리산 수정봉을, 1803년에는 가야산을, 1806년에는 방어산 등지를 유람하였다.

기행문이 모두 6편 전하는데,「유두류록」외에도 1803년 9월 남해 금산錦山을 유람하고 쓴「금악연승록錦嶽聯勝錄」, 1807년 4월 22일부터 4일간 함안 여항산 의상대를 유람하고 쓴「의상대유록義湘臺遊錄」, 1800년 3월 2일부터 4월 6일까지 과거시험에 응시하러 한양에 갔다가 돌아오는 길에 청주 화양동華陽洞을 들러 송시열宋時烈의 유적지를 유람하고서 쓴「담락행일기潭洛行日記」, 1811년 3월 6일부터 20일간 밀양·동래·부산과 신산서원新山書院 등지를 유람하고 쓴「관사록觀槎錄」등이 있다. 저술로 『사농와집』이 있다.

❋ 저작 동기 및 감상

하익범은 진주 → 덕산 → 중산리 → 천왕봉 → 세석평원 → 영신봉 → 칠불암 → 쌍계를 거쳐 귀가하는 일정으로, 1807년 3월 25일부터 15일 간 지리산을 유람하였다. 지리산 유람의 두 목적지인 천왕봉과 청학동을 한꺼번에 다 둘러본 경우이다. 그는 들리는 곳마다 시를 지어 남겼는데, 이 시는 천왕봉에 올라 지은 유일한 시이다.

'독서여등讀書如登'·'독서여유산讀書如遊山'이란 말을 통해서도 알 수 있듯, 우리 선조들은 산행을 공부의 과정으로 인식하였다. 산행 도중 접하는 경물을 통해 자연의 오묘한 이치와 사물의 근원을 체득하였다. 무엇보다 산행 과정의 힘겨움을 구도求道의 과정으로 인식하여 자신과 문인들을 경책하였다. 위 시 또한 천왕봉에 오르는 것이 힘들고 고된 일이나 그 과정을 거치고 나면 광활한 정상의 세계에 닿을 수 있듯, 학문에 있어서도 쉼 없이 정진하여 한층 더 높은 차원으로 나아갈 것을 강조하고 있다.

종선여등從善如登
(윤효석 작)

천왕봉에 올라 登天王峰

김인섭金麟燮

부지런히 끝까지 노력하여	努力工夫極
저물녘에야 정상에 올랐네.	薄曛始到巓
예로부터 높이 솟아 있어	自來高占地
여기서 하늘까지 통하였네.	此去上通天
해동의 땅에 웅장하게 서리어	雄壓三韓外
만 리 밖까지 가물가물 보이네.	迷茫萬里邊
맑은 가을 상쾌한 기분으로	秋晴心氣爽
이미 속세를 훌쩍 벗어났네.	出世已超然

❋ 저자 소개

김인섭金麟燮 1827~1903의 자는 성부聖夫, 호는 단계端磎, 본관은 상산商山이다. 경상남도 산청군 단성면 단계리에 거주하였다. 1862년 일어난 단성민란丹城民亂에 영향을 끼친 인물이다. 1846년 문과에 급제하여 장녕전별검長寧殿別檢 · 성균관전적 · 사간원정언 등을 지냈다. 1854년 정재定齋 유치명柳致明을 만난 후 관직을 단념하고 학문에 힘쓸 뜻을 확고히 하였고, 이후로는 관직에 나아가지 않았다.

박치복朴致馥·허훈許薰·허유許愈 등과 스승 허전許傳의『성재집性齋集』을 교정하였으며, 만년에는 집현산集賢山에 정사를 짓고 제자를 양성하였다. 저술로『단계집』이 있다. 이 외에도 53년 간의 기록인『단계일기』등이 있다.

✳ 저작 동기 및 감상

김인섭은 1877년 8월 25일부터 9월 20일까지 지리산 천왕봉에 올라 일출을 보고 하산하여 남해 금산錦山을 유람하였다. 당시 경상우도 지역의 이름난 선비들이 대거 동행하였는데, 이진상李震相·박치복·곽종석郭鍾錫을 비롯해 윤영엽尹永燁·권인탁權仁鐸·하용제河龍濟·박광원朴光遠·김기순金基淳·조호래趙鎬來·조응원趙應遠 등이 참여하였다. 그들은 산청 남사南沙에 들러 곽종석의 청으로 향음주례鄕飮酒禮를 행하였고, 덕산의 남명 유적지를 둘러 본 후 대원사와 중봉을 거쳐 천왕봉에 올랐다.

유람 7일째 되는 날 천왕봉에 올라 그 아래 샘 근처에서 노숙하고 새벽에 일출을 맞았다. 이들의 유람록은 박치복의「남유기행南遊記行」에 상세히 기록되어 있으며,『단계일기』에는 날짜별로 간략한 일정만이 소개되어 있다.

위 시는 하늘과 닿은 듯한 높은 천왕봉에 올라 속세를 훌쩍 벗어난 기상을 표출하고 있다.『단계집』에는 이 외에도「망일월望日月」·「일출용정백자운日出用程伯子韻」등 천왕봉 일출과 관련한 시가 전한다. 특히 일출을 보고난 후 "명산에서 하루 묵으며 장관을 보고 나니／

평생의 지취와 기상 웅장해졌다 하겠네"[名山一宿遊觀壯 誇道平生志氣雄]라
고 읊은 것에서, 공자가 '태산에 올라 천하를 작게 여긴다'고 한 그
기상으로 충만된 저자를 확인할 수 있다.

법계사에서 조망한 지리산(김기훈 작)

천왕봉에 올라 登天王峰

정식 鄭栻

동해바다 내리눌러 맑은 기운 무르녹고	雄壓東溟淑氣融
바윗돌을 쌓은 솜씨 신묘함의 극치라네.	架嵒築石極神工
우뚝하니 머리 위에 푸른 하늘 이고 서서	屹然頭戴靑天立
천 년 동안 눈비 속에서도 변치 않았다네.	雨雪千年不變容

❋ 저자 소개

　정식鄭栻 1683~1746의 자는 경보敬甫, 호는 명암明庵, 본관은 해주海州이다. 임진왜란 때 의병장인 농포農圃 정문부鄭文孚의 후손이다.

　13세 때 노정헌露頂軒 정구鄭構에게 배웠다. 19세 때 과거시험 응시차 합천의 시험장에 갔다가, 우연히 송나라 호전胡銓의 「척화소斥和疏」를 읽고 비분강개하여 눈물을 흘리면서 말하기를 "한 때 오랑캐와 화의하는 것도 오히려 차마 할 수 없는 일이었는데, 대장부로 태어나 어찌 차마 지금 세상에서 출세할 수 있겠는가? 하물며 우리나라는 명나라에 대해 의리상 군신 관계이고, 은혜는 부자 관계와 같다. 어찌 이를 대수롭잖은 일로 여겨 잊을 수 있겠는가?"라고 하였다. 그리고는 유건儒巾을 찢어버리고 돌아와 명암거사明庵居士라 자호하였다.

만년에는 가족을 이끌고 지리산 덕산으로 들어가 무이정사武夷精舍를 짓고, 손수 주자朱子의 초상을 그려 벽에 걸었다. 주자는 거란족이 세운 금나라와의 화의和議를 반대하고 북쪽의 잃어버린 강토를 찾아야 한다고 주장하였다. 여기에서 명나라의 수준 높은 문화를 되살려야 한다는 명암의 염원이 담겨져 있음을 알 수 있다. 저술로는 『명암집』이 있다.

✸ 저작 동기 및 감상

정식은 덕산에 은거하여 살았다. 산수유람을 즐겨하여 인근은 물론 우리나라 명승을 거의 다 구경하였다. 지리산 자락에 살았던 만큼 내원사內源寺 앞 계곡의 명옹대明翁臺 등 곳곳에 그의 발자취가 전한다.

그의 지리산 유람은 여러 차례 성사되었을 것이나, 유산기는 2편만이 전한다. 1724년 8월 2일부터 9일까지 덕산을 출발하여 남대암南臺庵을 지나 천왕봉에 올랐다. 돌아온 후 청학동 일대를 유람하지 못한 것이 못내 아쉬워, 결국 그 달 17일부터 10일 동안 쌍계사·불일암·신흥암·칠불암 등을 유람하였고, 20년의 세월이 흐른 후인 1743년 4월 21일부터 29일까지 청학동 일대를 다시 유람하고 「청학동록靑鶴洞錄」을 남겼다.

위 시가 1724년 천왕봉에 올랐을 때의 작품인지는 확실하지 않다. 그의 문집에는 천왕봉에 올라 지은 시가 3수 전하는데, 위의 작품과 같은 제목의 시가 1수 더 있으며, 그 외에 「재상천왕봉再上天王峰」이 전한다. 나머지 두 편은 모두 하늘과 닿을 듯 높은 곳에 위치한 천왕봉에 올라서면 세상을 초월한 듯한 느낌과 함께 월출과 일출을 다 볼 수 있다는 감격을 읊고 있다. 위 시는 천왕봉에서 바라보는 장엄하면서도 웅장한 광경과 그 오랜 세월의 모진 풍파에도 꿋꿋하게 자리하고 있는 강인한 기상을 표현하고 있다. 천왕봉을 통해 어지러운 세상에서 선비정신을 지키고자 하는 저자의 의지를 엿볼 수 있다.

▲제석봉 오름길에서의 지리산 능선(김기훈 작)

▼외삼신봉에서 본 지리산 주능선(조용섭 작)

두류산 상봉에 올라登頭流上峰

안치권安致權

바다를 본 자에겐 물이 되기 어렵다던	觀於海者水爲難
선현의 말씀이 진실임을 비로소 믿겠네.	始信前人語不謾
해와 달을 맞이하는 일월대에 올라서니	日月雙明臺上近
만 리의 산하가 눈앞에서 펼쳐지네.	山河萬里眼前寬
구름 속에 누우니 옷섶이 싸늘하고	半天雲臥衣裳冷
베개 맡에 샘이 흘러 돌 자리 차갑네	一枕泉鳴石榻寒
만 길의 높은 봉이 웅장하게 서려있고	萬丈高峰雄壓坐
아이 같은 봉우리들 무수히 펼쳐졌네.	兒孫無數列重巒

❋ 저자 소개

안치권安致權 1745~1813의 자는 윤약允若, 호는 내옹乃翁, 본관은 순흥이다. 선대가 기묘사화 이후 함안에 거주하였다. 부친 안경직安慶稷은 제산霽山 김성탁金聖鐸의 문하에서 수학하였다.

이산夷山 황후간黃後幹에게 배웠다. 여러 성리서를 두루 섭렵하였으며, 특히 『소학』을 신명神明으로 존신하여 '학문에 나아가는 문, 성인이 되는 기초'라고 강조하였다. 또한 그의 선대인 취우정聚友亭 안관安

灌의 십훈十訓과 스승인 황후간의 구용도九容圖를 손수 베껴 벽에 걸어 두고 존심성찰하였다. 저술로 『내옹유고』가 있다.

＊ 저작 동기 및 감상

맹자孟子는 "공자가 노나라 동산東山에 올라 노나라를 작게 여기시고, 태산에 올라 천하를 작게 여기셨다. 바다를 본 자에게는 물이 되기 어렵고, 성인聖人 문하에서 노닌 사람에게는 말을 하기 어렵다." 〈「진심 상盡心上」〉라고 하였다. 최고의 경지를 경험한 자만이 할 수 있는 말이다. 천왕봉 일월대에 올라 발 아래 펼쳐진 나지막한 산봉우리를 굽어보는 그 감회를 충분히 상상할 수 있겠다.

안치권은 1807년 2월 어느 날 함안咸安을 출발하여 단성 → 덕산 → 중산촌을 지나 천왕봉 일월대에서 유숙하였고, 다음날 새벽 일출을 구경한 후 같은 코스로 되돌아 내려왔다.

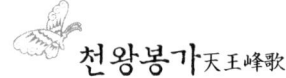

천왕봉가 天王峰歌

장석신張錫藎

방장산 제일 높은 봉우리는 천왕봉	方丈上峰是天王
천왕이란 그 이름 존귀하고 위대하네.	天王之號尊且皇
세인들은 천왕봉의 귀중함 알지 못하고	世人不識天王重
천왕봉을 마당처럼 함부로 여긴다네.	足踏天王如踵場
우리를 봉우리지 어찌 밟을 봉우리랴	寧可仰止那可踏
산이 귀중함이 아니라 그 이름이 황송한 것.	山非重也名是惶
이번 산행 이 봉우리 능멸할 마음 아니니	今行未敢凌高意
춘추의 대의는 마음속에 이미 내재한 것.	春秋大義在腔腸
사나운 비바람에 산 동쪽이 어두웠으나	六鷄風雨山東晦
걸출한 한 선비가 기강을 능히 부지했네.	一士偶儻能扶綱
오래되었네 천왕봉에 영웅 기상 없어진 지	久矣天王無英氣
오랑캐가 제멋대로 날뛰는 세상 되었으니.	至使蠻夷恣搶攘
번갈아 비추던 해와 달이 없어지니	雙明日月㪵燕地
온 세계 사람들이 한양에서 들끓네.	萬國衣冠動漢陽
발이 위에 있고 머리가 아래에 있다던	足反居上頭居下
가의賈誼 태부 말씀 오늘날 절실하네.	太傅之言今切當
후한의 원안은 덧없이 왕실을 그리며	袁安空自懷王室
한밤에도 가슴 쓸며 눈물을 흘렸다네.	中夜撫抌涕淚滂

미천한 신 화 땅 봉인처럼 간절히 축원하니　　微臣偏切華封祝
천왕봉이 영험한 빛 드러내길 염원할 뿐.　　但願天王發靈光
신검과 귀부를 휘둘러 요귀를 몰아내시어　　神劒鬼斧驅魍魎
넓고 맑은 이 땅에 맑은 세상 돌아오길.　　廓淸區宇回霽暘
천왕의 강함만큼 우리나라 안정되게 하옵시고　　奠我家邦如天王之强
천왕의 장수처럼 우리 황제 장수하게 하옵소서.　　壽我皇帝如天王之長
천 년토록 만 년토록 대대손손　　於千萬年
이 나라 영원히 무궁하게 하옵소서.　　永享無疆

높기로는 하늘만큼 높은 것이 없고　　高高莫如天之高
존귀하기로는 천왕만큼 존귀한 것 없다네.　　尊尊莫如王之尊
이 산이 비록 높으나 땅 위에 있으니　　此山雖高猶在地
높다한들 어찌 하늘 문까지 닿으랴.　　高高那得及天門
이 산이 존귀하나 이 나라의 국토이니　　此山雖尊猶國土
존귀한들 어찌 천왕과 이름을 함께 하리.　　尊尊那得名相渾
산 위의 하늘은 이 산의 왕이시니　　山之天也山之王
천황을 통솔함도 천왕께서 천지인을 조율하듯.　　統天皇王調三元
바라노니 천왕봉 위의 신령이시여　　但願天王峰上靈
우리 천왕의 대대손손 영원토록 보좌하소서.　　輔我天王萬萬世子孫
그 덕은 천왕봉의 존귀함처럼 귀하고　　德如天王峰之尊
그 복은 천왕봉의 높이만큼 높게 하여　　福如天王峰之高
한 번 온 천하의 먼지를 쓸어주소서.　　一掃煙塵廓乾坤

❋ 저자 소개

장석신張錫藎 1841~1923의 자는 순명舜鳴, 호는 과재果齋·일범一帆, 본관은 인동仁同이다. 족대부族大父 장복추張福樞의 문하에서 수학하였다. 1893년 문과에 급제하여 홍문관수찬·사헌부정언 등을 거쳐 1900년 비서원승秘書院丞이 되었다.

1905년 을사늑약을 체결하였다는 소식을 듣고 협약 철회와 적신賊臣을 죽이라 상소하였으며, 경술국치 이후에는 가야산으로 들어가 후진양성에 전념하였다. 저술로 『과재집』이 있다.

❋ 저작 동기 및 감상

『과재집』「남선록南選錄」에는 천왕봉을 유람하고 지은 「두류록頭流錄」과, 청학동 일대를 유람하고 지은 「악양록岳陽錄」이 일정별로 실려 있다. 「두류록」의 코스를 대략 살펴보면 단성 → 덕산 → 중산촌 → 법계암을 거쳐 천왕봉 일월대에 올라 일출을 보았으며, 「악양록」에는 횡천橫川 → 하동 → 악양 → 화개 → 쌍계사 → 불일암 → 칠불사 등 청학동 일대를 두루 유람한 것으로 나타난다. 장석신은 해당 경로에서 접하는 명승을 빠뜨리지 않고 모두 기록하였는데, 매 장소마다 시를 읊고 각 시에는 서문을 붙여 유산기를 대신하였다.

위 작품은 근세기 우리나라의 어려운 상황과 지식인의 고뇌가 고스란히 표출되어 있다. 지리산 천왕봉의 신성함과 존귀함만큼이나 우리나라의 자존감을 환기시키고 있으며, 나아가 천왕봉의 기상이 쇠퇴하여 나라가 침략당하는 수난을 겪었다고 판단하였다. 따라서 어떤 상황에서도 변치 않고 강인함을 보이는 지리산 천왕봉처럼, 우리나라도 이 어려운 시기를 극복하고 대대손손 강성한 나라로 지속되기를 염원하고 있다.

일출을 기다리며(김기훈 작)

07

지리산 이야기

조선시대에도 셰르파가 있었다

에베레스트 등반 관련 기사들을 보면 어김없이 등장하는 것이 셰르파sherpa들의 이야기이다. 등반가 못잖게 중요한 역할을 하는 것이 바로 이들 셰르파이다. 사활을 건 등반가에게 살아서 이 땅을 다시 밟을 수 있도록 이끄는 유일한 빛, 그들이 바로 셰르파인 것이다.

셰르파는 본디 히말라야산맥 에베레스트산 남쪽 기슭의 한 지방을 중심으로 3,000m 이상의 고산에 사는 티베트계 네팔인의 총칭이다. 우리가 알고 있는 셰르파는 전문산악가이드가 아니라, 에베레스트 솔로쿰부 지역에 사는 부족의 명칭이다. 셰르파족이 에베레스트가 있는 이 지역에 살기 시작한 것은, 16세기 초 중국과 몽골의 갈등이 최고조에 달했을 때 동티베트 사람들이 그 갈등을 피해 히말라야산맥을 넘어 네팔로 들어오면서부터이다. 그래서 티베트어로 '셰르파sherpa'의 의미는 동쪽을 뜻하는 '샤르shar'와 사람을 뜻하는 '파pa'의 합성어로, '동쪽에서 온 사람들'이라는 뜻이다. 거대한 설산雪山 히말라야를 배경 삼아 평범한 인간으로 살아가는 셰르파들의 모습은 생존의 한계 상황을 훌쩍 뛰어넘은 신비한 모습으로 다가온다.

사실 셰르파족은 50년 전만 해도 세상에 전혀 알려지지 않았다. 1949년 네팔의 문호개방에 맞춰 서양인들이 에베레스트에 관심을 갖게 된 후, 1953년 힐러리경에 의해 정상이 정복될 때 그 옆에는 셰르파족 출신의 안내자가 함께 있었고, 이들이 인류 최초로 에베레스트를 정복한 사람으로 기네스북에 기록되면서 '셰르파'란 이름은 세계로 퍼져 나가기 시작했다.

에베레스트 등반가에게 있어 이 셰르파의 역할은 절대적이다. 등반가들의 각 단계별 캠프에 필요한 물품을 조달하는 것은 물론, 정상까지의 길 안내를 도맡아 한다. 등반가들의 발밑에 붙어 다닌다는 죽음의 문턱을 늘 함께 하는 이들이 바로 셰르파이다. 그래서인지 등반가의 정상 정복의 벅찬 순간이나, 조난과 실종을 알리는 기사에는 늘 셰르파의 이름도 함께 등장한다.

최근 이들 셰르파들은 조직망을 형성하여 에베레스트 등반을 원하는 이들에게 그들의 요구에 맞는 각종 서비스를 제공하고 있다. 작게는 요리에서부터 편안한 잠자리를 제공하고 생필품을 실어 나르는 짐꾼으로, 크게는 정상까지의 산행을 함께 하여 그들의 목숨을 담보하는 향도자嚮導者로서의 역할을 도맡아 하고 있다.

　　조선시대 선비들의 산행에서 셰르파의 역할을 담당한 이는 바로 승려들이다. 대체로 산행을 준비하는 선비들은 먼저 길을 안내할 사람과 짐꾼, 남여를 멜 사람 등 산행에서 자신을 보필할 특별 인력을 물색하였다. 주로 짐꾼은 자신이 거느리던 노복이나 기타 종자從者들로 충당했고, 길을 안내할 향도자는 승려들이 전담하였다.

　　출발에 앞서 친분 있는 승려를 통해 산길에 밝은 승려를 소개받거나, 혹은 유람 일정 동안 거치게 될 사찰에 통보하면 그 사찰에서 미리 향도자를 준비하여 대기시켜 놓기도 하였다. 따라서 유람자

짐꾼

일행이 도착하기도 전에 사찰의 승려들을 대동한 채 사찰 몇 백리 앞까지 마중 나가 한참을 기다리는가 하면, 산속의 사찰을 찾는 유람자를 위해 남여를 태우거나, 폭우로 인해 개울이 넘쳐나면 신속히 나무를 베어 다리를 놓거나, 그도 여의치 않으면 업어서 건네주는 위험을 감수하기도 하였다.

유람자가 현직에 있는 지체 높은 관료이거나 명문가문의 후손이라면, 사찰에서는 더욱 정성을 다할 수밖에 없었다. 유람자가 대부분 조선시대 유학자였던 만큼 학문이 깊어 서로 공감할 수 있는 고승高僧이거나, 특히 한시에 능하여 서로 수창酬唱할 수 있는 인물을 선호하였다. 때로는 산중의 고사故事에 능통한 자들도 간혹 있어 유람 내내 다양한 이야기와 유쾌한 웃음을 선사하기도 하였다.

현곡玄谷 조위한趙緯韓은 토포사討捕使로 있던 아우 조찬한趙纘韓 1572~1631, 경상감사慶尚監司 남이흥南以興 1576~1627과 함께 청학동 일대를 유람하였다. 쌍계사 앞 시내 반석에서 술자리를 벌이고 있는데, 신흥사에서 도를 강론하고 있던 승려 각성覺性이 제자들을 거느리고 쌍계사까지 마중 나와 인사하고는 돌아갔다. 불일암을 유람한 후 신흥사에 들렀더니 그의 젊은 학승學僧이 수백 명이나 되었다. 양경우梁慶遇의 유람에도 이 각성이란 승려가 등장하는데 그를 '시승詩僧'이라 표현하였고, 양경우 역시 그의 부탁으로 시를 지어 남겼다. 당시 지리산권역의 사찰에서 정진하고 있던 젊은 학승들은 유람 온 지체 높은 관료들의 남여꾼이나 짐꾼으로 대체되곤 하였다.

신흥사 터(왕성초등학교분교)

　이륙李陸은 단속사에서 공부하던 중 법계사를 거쳐 천왕봉에 올랐다. 출발에 앞선 전날 밤 단속사에 있던 100여 명의 승려들을 불러놓고 길 안내할 사람을 구했다. 김종직의 경우 함양군 병곡면에 있던 덕봉사德峯寺의 승려가 와서 길 안내를 맡았고, 출발한 뒤 곧바로 뒤따라 왔던 법종法宗이라는 승려 역시 산행 내내 함께 안내하였다. 이들은 출발에 앞서 적임자를 수소문했고, 산행을 마치는 순간까지 함께 했다. 요즘 해외여행 시 즐겨 활용하는 스루가이드 Through Guide인 셈이다.

　해외여행 시 가이드로는 대체로 스루가이드Through Guide와 로컬가이드Local Guide가 있는데, 전자는 출발에서부터 도착까지 상세한 설명은 물론 여행자 관리 등 여행 관련 일체를 총괄하는 가이드라

정의할 수 있으며, 후자는 해당 지역에서 소요되는 일정만을 책임지는 경우를 가리킨다. 스루가이드가 있어도 로컬가이드가 나올 수 있고, 이럴 경우 스루가이드는 후방에서 여행의 전반적인 관리만을 지원하면 된다.

조선시대 향도자로서의 승려는 이러한 스루가이드 역할이 있었던 반면, 로컬가이드도 상당 부분 존재했었다. 유람 도중 숙소로 활용되었던 사찰에 도착하면 그곳에 기거하거나 대기하고 있던 승려가 다음 숙소까지, 필요에 따라서는 그 이후의 일정을 책임지는 향도자 역할을 담당한 경우이다. 예컨대 오두인吳斗寅은 청학동 일대를 유람한 후 은정대隱井臺를 지나고 수국현水國峴을 넘어 남대사南臺寺로 들어갈 적에, 덕산사德山寺(현 內院寺)의 승려 수십 명이 임무를 교대해가며 자신의 일행을 맞이하러 나왔다고 한다. 은정대는 현 경상남도 하동군 화개면 대성리 의신마을에서 세석산장으로 오르는 길목의 대성동 근처에 있는 듯하고, 수국현은 하동군 화개면 대성동마을에서 산청군 시천면 내대리 거림마을로 넘어가는 재를 가리킨다. 오두인의 기록에서는 이 외에도 흥미로운 사실을 발견할 수 있다.

능인사能仁寺에서 점심을 먹었다. 이 절에는 승려가 수십 명쯤 있었는데, 그 중 성천性天이라는 승려는 속승俗僧들과 매우 달랐다. 이야기를 주고받던 중에 그는 여러 군자들이 산을 유람하며 지은 시를 줄줄 외웠고, 또 예전 임신년(1632)에 선친께서 이 산을 유람하실 때 운좋게도 자기가 모시고 다녔다는 이야기를 꺼냈다. 정해년(1647)에 계부께서 이 산에 오셨을 때도 자신이 길안내를 하였다고 했다. 그는 아직 내가 한 집안 사람이라는 것을 몰랐다. 내가 말하기를 "계부의 유람이 선친의 유람과 16년 차이가 나고, 나의 유람이 계부의 유람과 5년 차이가 난다네. 그대는 뜬 구름 같은 승려로서 모두 우리의 주인 노릇을 하였으니, 어찌 그 속에 특별한 인연이 있지 않다고 하겠는 가."라고 하였다. 그 또한 놀라서 감탄하며 계속해서 이야기를 했는데, 모두 옛 일에 대한 감회였다.

능인사는 경상남도 하동군 화개면 대성리 의신마을 입구에 있던 절로, 신흥동 계곡을 유람하고 은정대로 넘어오기 직전에 있었다. 오두인의 유람은 1651년 11월 1일부터 6일 간이었으니, 부친의 유람과는 거의 20년이, 계부의 유람과는 5년의 차이가 난다. 오두인의 부친은 천파天坡 오숙吳翽 1592~1634으로, 그의 문집에는 청학동 및 하동 일대를 유람하고 지은 한시가 여럿 전한다. 오두인의 유람과 20년의 차이가 난다면 1631년 청학동을 유람한 것이 된다. 그의 연보에 의하면, 오숙은 1631년 경상관찰사로 파견되는데, 아마 이 시기가 아닐까 추정된다. 그의 계부는 백천당百千堂 오핵吳翮 1615~1653이다. 인용문 속의 성천이란 승려는 그 오랜 세월 동안 청학동 일대의 유람 안내를 도맡아 왔던 것이다. 이는 산악전문가이 드에 해당된다고 하겠다. 오두인 집안의 인연을 우연의 일치로 치부할 수 있으나, 그 일대의 유람을 계획한다면 이런 인물을 찾아 앞세우고자 하는 것은 당연하리라.

이들 승려는 길 안내는 물론 유람일정 동안 일행의 갖가지 어려움을 풀어주는 해결사였다. 김일손은 천왕봉을 오르기 위해 향적사에 이르자 승려가 솥을 걸고 밥을 지었는데, 당시 땔감이 비파나무 밖에 없었다. 그러자 승려가 이 나무로 밥을 지으면 밥맛이 없을 것이라 미리 알려주기도 하였고, 유문룡柳汶龍 역시 향적사에 이르렀을 때 승려가 말하기를 "이곳을 지나게 되면 물의 성질이 강해져 불을 피워 밥을 해도 익지 않습니다. 의당 이곳에 머물면서 밥을 지어 저녁밥과 아침밥을 싸가지고 가야 합니다."라고 하였다. 김일손은 1489년 4월에, 유문룡은 1799년 8월 16일부터 3일 간 유람하였다. 두 사람의 유람에는 300여 년의 시차가 있으나, 그들을 안내했던 승려들의 향도嚮導 역할에는 별반 차이가 없는 듯하다. 오랜 기간 전승傳承된 지식을 습득하고 또한 수차례의 경험을 통해 산행에서의 어려움을 미리 예견하고 조언하는 것은 이들 향도자의 중요한 역할 중 하나였던 것이다.

명승은 공허함을 남기고, 삽암과 악양정

악양岳陽은 중국 호북성의 한 현縣으로, 그곳에는 악양루岳陽樓·동정호洞庭湖·군산君山 등 여러 이름난 유적이 있다. 악양루는 범중엄范仲淹의 「악양루기岳陽樓記」를 비롯해 두보杜甫와 이백李白의 「등악양루登岳陽樓」라는 시를 통해 널리 알려졌으며, 악양루에 올라 한 눈에 바라보이는 호수가 동정호이며, 동정호 속의 섬이 바로 군산이다.

경상남도 하동군 악양은 중국 악양의 축소판이라 할 수 있다. 지명의 유래에서부터 중국 악양을 모방했고, 대표적 유적으로 악양루가 있으며, 동정호가 있었다. 지리산 청학동을 찾아 악양을 지나는 조선시대 문인들은 이러한 역사와 유적들을 시로 읊어내었다.

그중 현재는 많이 알려지지 않았으나 지리산 청학동을 유람하는 이들이 반드시 거쳐 갔던 명승이 바로 삽암錷巖과 악양정岳陽亭이다. 삽암은 고려 말의 은자隱者인 한유한韓惟漢이, 그리고 악양정은 조선의 일두一蠹 정여창鄭汝昌이 은거했던 유허지이다. 이 두 곳은 섬진강을 따라 배를 타고 청학동을 찾아가는 도중 섬진나루에 정

하동 악양루

삽암

박하고서 찾아가던 코스였다. 일정이 촉박해 내려서 유람하지 못
하거나 밤배를 타고 두 곳을 지나쳐야 하는 경우에는 배 위에서
두 선현을 그리워하며 한참을 아쉬워하기도 하고, 피리나 퉁소를
연주하게 해서 그 아쉬움을 달래곤 하였다.

　하동 읍내를 지나 왼쪽으로 섬진강을 끼고 벚꽃 십리 길을 달리
다 보면 오른쪽에 넓디넓은 들판이 나타난다. 악양 들판이다. 멀리
보이는 고소산古蘇山의 운치와 길게 드리운 섬진강 줄기가 어우러
진 광활한 풍경이다. 악양 들판이 끝나는 지점인 삼거리 왼쪽에
조그마한 바위가 솟아 있다. 바로 삽암이다. 삽암은 우리말로 '꽃
힌 바위'라 부르는데, 이곳 사람들은 '섯바구·선바위'라 부르기도
한다. 예로부터 남해와 섬진강의 어선들이 정박하였고 영·호남을
연결하는 나룻배가 다니던 곳이었다.

모한대

　삼거리에서 오른쪽 길은 소설 『토지』의 배경으로 유명한 평사
리 최참판댁으로 들어가는 초입이다. 하동군에서는 소설의 인지도
상승과 맞물려 평사리 최참판댁을 홍보하기 위해 다양한 방법을
동원하고 있다. 반면 삽암은 포장된 도로에서 보면 조그마한 바위
에 불과하고 그 위에 비석 두 기가 세워져 있으니, 이곳을 지나는
사람들은 여느 집안의 선조를 표상하는 비석쯤으로 생각하기 십상
이다. 더구나 이곳은 주차시킬 만한 공터가 여의치 않기 때문에,
굳이 찾으려 애쓰지 않는다면 그냥 지나쳐도 모를 정도이다.

　그런데 섬진강 밑으로 내려가 바위를 올려다보면 제법 우뚝한
위용이 있다. 강에서 바라보면 바위 끝에 '모한대慕韓臺'라 적혀 있
다. 악양의 부호富豪였던 이세립李世立이 한유한의 절의節義를 흠모
하여 바위에 '모한대'라 새겼다고 한다.

삽암에서 구례 방면으로 약 6km 남짓 자동차로 달리면 오른쪽으로 '악양정'이라는 조그마한 입간판이 나타난다. 이 또한 눈여겨보지 않으면 지나쳐도 모를 만큼 부실하다. 그 입간판을 따라 마을로 조금 걸어 올라가면 4칸의 단아한 정자가 나타나는데, 바로 악양정이다. 정여창이 은거하여 학문을 닦고 제자를 기르던 곳이다. 이곳은 행정구역상 하동군 화개면 덕은리德隱里인데, '덕은'이란 지명이 덕 있는 현자가 숨어살던 곳임을 알려주는 듯하다. 악양정은 15세기 말쯤 지어진 것으로 추정된다.

지리산의 깊숙한 골짜기에 묻혀 있던 이들 유허지가 세상에 알려지게 된 직접적 계기는 바로 조식曺植의 「유두류록遊頭流錄」이다. 이미 많이 알려져 있고 또 다소 장문이지만, 다시 인용해 본다.

악양정 입간판

눈 깜짝할 사이에 악양현을 지났다. 강가에 삽암이라는 곳이 있었는데, 바로 녹사錄事를 지낸 한유한의 옛 집이 있던 곳이다. 한유한은 고려가 어지러워질 것을 예견하고, 처자식을 이끌고 이곳에 와서 은거한 인물이다. 조정에서 그를 불러 대비원녹사大悲院錄事로 삼았는데, 그 날 저녁에 달아나 간 곳이 묘연했다고 한다. 아! 나라가 망하려고 할 적에 어찌 어진 이를 좋아하는 일이 있을 수 있겠는가? 어진 이를 좋아하는 것이 착한 사람을 표창하는 정도에서 그친다면, 또한 섭자고葉子高가 용을 좋아한 것만도 못한 일이니, 나라가 어지러워지고 망하려는 형세에는 아무런 도움이 되지 않는다. 문득 술을 가져오라고 하여 한 잔 가득 따라 놓고, 거듭 삽암을 위해 길이 탄식하였다.

정오 무렵 도탄陶灘에 배를 정박시켰다.……도탄에서 1리쯤 떨어진 곳에 정선생 여창이 살던 옛 집터가 남아 있다. 선생은 바로 천령天嶺 출신의 유종儒宗이다. 학문이 깊고 독실하여, 우리나라 도학道學에 실마리를 열어 준 분이다. 처자식을 이끌고 산 속으로 들어갔다가, 뒤에 내한內翰을 거쳐 안음현감安陰縣監이 되었다. 뒤에 교동주喬桐主에게 죽임을 당했다. 이곳은 삽암에서 10리쯤 떨어진 곳이다. 밝은 철인哲人의 행幸·불행不幸이 어찌 운명이 아니랴?

조식은 58세인 1558년 4월 청학동을 찾아 쌍계사 방면으로 유람하는 도중 악양에서 두 인물의 유허지를 만났다. 한유한은 고려 말의 난세를 피해 은거했던 인물이고, 정여창은 연산조의 폭정을 피해 은거해 살았으나 결국 죽임을 당했던 인물이다. 조식 또한 사화기士禍期를 거치면서 일생 출사하지 않았던 인물이다. 그가 난세에도 굴하지 않는 절의의 표상으로 두 인물을 칭송한 후, 악양을

지나는 유람객들은 이곳에서 한유한과 정여창을 찾아 흠모의 마음
을 표현하였다.

하얀 돌 맑은 시내 한 점 티끌도 없네   石白溪淸無點累
옛 사람 중 누가 이 바위 가에 살았나.   昔人誰卜此巖邊
담장 넘어 달아나 사륜동으로 들어가   絲綸入洞踰垣走
천년도록 방장산의 한 신선 되었다네.   方丈千秋獨一仙

〈박민朴敏, 「삽암鍤巖」〉

한녹사는 지금 어디에 있는가   錄事今安在
사람은 없고 옛 자취만 남았네.   無人繼故蹤
꽃다운 명성 역사서에 전하니   芳名傳汗竹
지난 일은 겨울 솔에게 묻노라.   往事問寒松

〈조위한趙緯韓, 「과한녹사구기過韓錄事舊基」〉

전자는 능허凌虛 박민朴敏이 1616년 9월 부사浮査 성여신成汝信 등
과 청학동을 유람하다 악양을 지날 때 지은 것이고, 후자는 조위한
趙緯韓이 1618년 4월 역시 청학동을 유람할 때 지은 시의 일부이다.
고려 조정에서 대비원녹사大悲院錄事라는 관직으로 한유한을 불러내
려 했으나 이를 거절하고 달아나 자신의 절의를 지켰던 점을 숭상
하고, 그 절의는 역사에 남아 길이 전해질 것이라 칭송하고 있다.
정여창은 점필재佔畢齋 김종직金宗直의 문인으로 한훤당寒暄堂 김
굉필金宏弼과 함께 조선조 유학을 흥기시킨 인물이다. 무오사화戊午

士禍에 연루되어 강원도 종성鍾城 땅에 유배되어 1504년에 죽었는데, 그해 일어난 갑자사화甲子士禍에 연좌되어 부관참시剖棺斬屍되었다. 정여창이 하동 악양정에 우거한 것은 39세인 1488년이었고, 이후 41세 되던 1490년 김일손金馹孫의 천거로 예문관검열이 되어 출사한 후 결국 사화史禍에 연루되어 죽은 것이다.

악양정과 관련한 유산시는 대체로 두 가지 관점에서 살펴볼 수 있다. 하나는 시대와 어긋난 그의 처세와 운명을 안타까워하는 것

악양정

악양 동정호 악양들판 너머로 섬진강이 흐르고 있다

으로 나타난다.

정선생은 바로 우리 유림의 종장이시니	鄭先生是儒林匠
만년에 시내 서쪽 고요한 곳에 살았네.	晚卜幽貞溪水西
석양에 말 세우고 지난 일 상심하노니	落日停驂傷往事
구름도 물빛도 온통 처량하기만 하네.	雲容水色共悽悽

〈성여신成汝信, 「방장산선유일기方丈山仙遊日記」 중〉

성여신이 청학동 유람 중 지은 것이다. 정여창을 조선조 유학의 종장으로 크게 인정한 후 유허지에서 그의 삶을 생각하며 안타까워 하고 있다.

또 다른 하나는 정여창의 시에 차운한 많은 시를 들 수 있다.

정여창은 40세 되던 1489년 4월 김일손과 함께 천왕봉을 유람하였는데, 15일간의 유람을 마친 후 김일손에게 '그 동안 큰 산을 보았으니, 그대와 함께 악양으로 가서 큰 호수의 큰 물을 보고 싶다'고 하여, 두 사람은 악양으로 길을 잡아 동정호를 구경하였다. 정여창이 이때의 감회를 읊은 「악양」이란 시는 다음과 같다.

냇가의 버들잎은 바람결에 한들한들	風蒲泛泛弄輕柔
사월의 화개 땅엔 보리 벌써 익었네.	四月花開麥已秋
두류산 천만 겹을 두루 다 보고나서	看盡頭流千萬疊
조각배 타고서 큰 강 따라 내려가네.	孤舟又下大江流

이후 박치복朴致馥·양회갑梁會甲·김규태金奎泰·정기鄭琦·오정표吳正杓·송병순宋秉珣 등이 이에 차운시를 지어 정여창을 회고하였고, 그 외에도 이현일李玄逸·이재李栽 부자를 비롯해 이 지역을 유람한 많은 인물들이 차운시를 읊었다. 그 중 한 수를 소개해 본다.

넓은 물 웅장한 산 나약한 자 일으키니	水闊山雄激懦柔
선생의 풍도는 천년 뒤에도 생각나네.	先生風韻想千秋
유자들이 추모할 곳 새로이 지었으니	衣冠新葺羹墻地
남쪽지방 좋은 습속 에서 볼 수 있겠네.	可觀南州善俗流

〈송병순宋秉珣, 「악양정 근차일두선생운岳陽亭謹次一蠹先生韻」〉

심석재心石齋 송병순宋秉珣 1839~1912의 작품으로, 그가 1902년 2월

3일부터 무려 40일 동안 영남지방을 유람하던 중 청학동을 찾아가다 들러 지은 것이다. 송병순은 정여창 시의 운자에 차운하면서, 유허지가 남아있는 것만으로도 흠모의 정을 불러일으키는데, 더구나 지방 유림들이 그의 유허지를 중수한 사실을 거론하며, 세풍世風을 갱신할 만큼 정여창의 영향이 크다고 칭송하였다.

이렇듯 삽암과 악양정은 근세까지도 지조와 절의의 상징으로 칭송되었던 명승이었다. 그러나 현재 삽암은 그저 길게 늘어선 섬진강 가의 한 부분일 뿐이다. 악양정 또한 눈에 잘 띄지도 않는 입간판 하나로는 사람들의 발길을 잡지 못한다. 우선 삽암 꼭대기에 세운 두 기의 비석을 다른 곳으로 옮기고 주변을 정리하여 조그마한 안내판이라도 세웠으면 하는 바람이다. 두 곳 모두 교육적 가치를 지닌 역사적 명승이었음에도 공허함만 남긴 채 찾는 이들의 안타까움을 자아내고 있다. 이를 아는지 모르는지 그 곁의 섬진강은 오늘도 변함없이 흐르고 있다.

산행이 힘들 땐 음악을 들으며 힘을 얻고

조선시대 선비들은 어떤 음악을 들었을까? 지금처럼 음악을 가까이에서 쉽게 접할 수 없었던 것만은 분명하니, 그들이 어떤 음악적 생활을 즐겼을지 궁금해진다. 드라마나 소설 속에서 흔하게 등장하는 한 장면, 바로 주점에서 기생이 악공의 음률에 맞춰 노래하

포의풍류도布衣風流圖(김홍도 작)

는 모습만 떠오른다. 아니면 왕궁 뜰이나 전각에서 베풀어지던 궁중연宮中宴에서 연주되는 화려한 궁중음악이나, 장중하고 엄숙한 종묘제례악 정도가 상상할 수 있는 전부인 듯싶다.

사대부가의 선비는 평생 음악 없이 살았을까? 방안에 들어앉아 독서하여 백면서생白面書生이라 불리었던 이들은 어떤 음악을 즐겼을까? 그들의 감성에 맞는 음악이라는 것이 있었을까? 깊은 산 속 사찰에서 수도하던 승려들은 어떤 음악을 즐겼을까? 흔히 '음악은 인간의 영혼을 치료하는 명약'이라 말해지곤 하는데, 그들의 지친 영혼을 치유할 음악은 어떤 것이었을까? 문득 음악과 친숙하지 않았던 그들이 산행에서도 음악을 들었을까 궁금해진다.

과거 선인들의 산행에는 음악을 연주할 악공과 기생을 대동하였다. 산행에 기생을 대동한다고 하여 의아해 할 수도 있겠으나, 관원들이 산행을 할 적에는 소속 관아의 기생과 악공을 데리고 간 듯하다. 그러나 벼슬하지 않은 선비들은 그런 경우가 흔치는 않았다. 남명 조식의 경우 쌍계사를 유람할 적에 악공들을 대동했었는데, 이는 동행했던 진주목사 등 전·현직 관원들의 배려 덕분이었다. 그들은 곤양에서 하동으로 들어갈 때 섬진강을 따라 올라가며 선상船上에서 주연酒宴을 즐기기도 하였다. 특히 배 위에서 찬란히 떠오르는 아침 해를 맞이할 적엔 그 장엄한 광경에 퉁소를 불고 북을 치고 노래를 부르게 하여 그 감흥을 만끽하기도 했다. 김일손은 전문악단인 광대들을 대동하였는데, 이들이 생황과 피리를 불며 선두에 서서 산행을 이끌었다.

유람자의 지위가 높은 경우라면 더 요란하면서도 화려한 대단위 악단樂團을 대동하였다. 하익범의 기록에 의하면, 경상관찰사가 포함된 남주헌의 유람 일행과 천왕봉을 함께 올랐는데, 깃발이 나부끼고 악기를 연주하는 등 그들 일행의 요란한 산행이 기이한 구경거리였다고 전하였다. 이들 악단은 유람자가 직접 고용하는 경우도 있었으나, 유람에 맞춰 인근의 수령이나 부호富豪들이 고용해 주기도 하였다.

산행에서 음악은 어느 때 연주할까? 먼저 음악은 그날 유람자들의 힘든 여독을 풀어주는 역할을 하였다. 숙소인 사찰에서 술을 마시고 가무를 즐기기도 하였는데, 이때 음악을 연주하였다. 지금의 시선으로 보면 점잖은 선비들의 망측한 행위로 비치겠으나, 고관들의 행차와 크게 다르지 않은 당시의 풍속이었던 듯하다.

산행 도중 좋은 풍광을 만나면 주연酒宴을 베풀고 음악을 연주하여 그곳의 아름다움을 한동안 즐기기도 하였다. 음악에 취하고 술에 취하고 자연에 취하여 시를 짓고 담소를 즐겼다. 이는 특히 청학동을 찾는 여정 중 신흥동 계곡에 이르렀을 때 주로 나타난다. 세이암洗耳品 인근의 너럭바위에 앉아 물소리를 들으며 어스름이 내릴 때까지 즐기다가 신흥사로 들어가곤 했다. 달 밝은 밤이면

저녁에 다시 계곡으로 내려
와 달빛을 받으며 선경仙境의
아름다움을 만끽하였다.

천왕봉 꼭대기에서 일출을
기다리며 밤새 음악을 연주하
기도 하였다. 산꼭대기에서의
혹독한 추위와 불편한 잠자리
의 고통을 견뎌내기 위해 음악
으로 흥을 돋우고 춤추며 시
간이 흐르기를 기다렸다. 땔감
을 준비해 모닥불을 피우고,

세이암 석각

세이암 전경

그 주위에 둘러앉아 술을 마시며 온기를 유지하였다. 따라 온 노복이나 종자들에게도 이보다 더 좋은 구경거리가 없었을 것이다. 하늘에 닿을 듯 높이 솟은 산꼭대기에서 쏟아지는 별빛과 찬란한 달빛을 받으며 울려 퍼지는 음악 한 곡조는 생각만으로도 황홀하다.

양대박梁大樸은 "노래 부르는 애춘愛春, 아쟁 타는 수개守介, 피리 부는 생이生伊를 데리고 갔는데, 이들은 모두 유람할 때 흥을 돋우는 자들이다."고 하였고, 박여량 또한 제석봉을 오를 때 다리의 힘이 빠지고 발걸음이 무거워지자 "젊은 두 종으로 하여금 단풍나무를 꺾어들고 앞서가며 춤추게 하고, 악공들로 하여금 계속 피리를 불게 하였다. 이는 대체로 심한 피로감을 잠시나마 잊기 위해서였다."라고 하였다. 이들의 악기만도 피리·해금·생황·비파·아쟁·통소 등 다양하였으니, 그들이 연주하던 음악 또한 다양했을 듯하다. 가파른 길을 만나면 남여를 태워주고, 힘들면 앞에서 끌고 뒤에서 밀어주며, 게다가 힘겨우면 음악을 연주하고 노래를 불러 흥을 돋우는 산행이었으니, 참으로 호사스러우면서도 우아한 산행이었다.

그들은 어떤 곡을 연주하고 들었을까? 선인들의 지리산 유람에는 이름도 생소한 몇몇 음악이 등장한다. 곡명이 제시된 것들만도 서너 곡인데, 후정화後庭花·영산회상靈山會相·보허사步虛詞·상운악上雲樂 등이 있으며, 그 외에 계면조戒面調·마상조馬上調 등도 보인다. 이 가운데 영산회상과 보허사를 특히 즐겨 연주하였다. 국악國樂이 여전히 대중과의 소통이 더욱 필요로 한 음악 장르이고 보면, 이러한 이름들이 낯설고 생소하게 느껴지는 것은 어쩌면 당연한 것인지도 모르겠다.

박여량朴汝樑 일행이 천왕봉 성모사에 들어 밤을 지새울 때의 기록을 살펴보자.

등불을 매달고 향을 피운 뒤 한두 순배 잔을 돌렸다. 다시 악기를 연주하고, 따라온 승려와 종들에게 번갈아 일어나서 함께 춤을 추게 하였다. 어떤 자는 화상체和尙體를 추기도 하였는데, 그 중에서 안국 사의 승려 처암處嚴과 운일雲逸의 춤사위가 가장 빼어났다. 온 좌중에 앉아 있는 사람들이 한바탕 크게 웃었다. 피리 부는 악공 윤걸淪乞은 계면조를 잘 연주하였고, 후정화 · 영산회상 · 보허사 등은 각각 질박 한 맛이 있었다.

꽤 많은 악곡이 보이고, 승려의 춤사위인 화상체도 보인다. 천 왕봉에서 추위와 싸우며 긴긴 밤을 보내야 했으니, 밤새 제법 많은 곡을 연주하며 즐겼을 듯하다.

계면조는 전통음악에서 널리 쓰이는 선법旋法의 하나로, 산조散 調나 판소리 등에서 평조平調 · 우조羽調와 함께 쓰이는 국악 음계의 하나이다. 평조가 흔히 경쾌하고 산뜻한 느낌을 주고, 우조가 꿋꿋 하고 장중한 음색인 반면, 계면조는 슬프고 애절한 느낌의 음감이 다. 조선후기 실학자 이익李瀷은 『성호사설星湖塞說』 속악조俗樂條에 서 "계면은 듣는 자가 눈물을 흘려 그 눈물이 얼굴에 금을 긋기 때문에 붙여진 이름이다."라고 설명하였고, 허균許筠도 『성소부부 고惺所覆瓿藁』에서 "김운란金雲蘭이란 자가 아쟁을 잘 타서 사람의 말처럼 하였다. 그의 계면조를 들으면 사람들이 모두 눈물을 흘렸다."라고 기록하였으니, 계면조는 슬픔을 나타내는 곡임을 알 수 있다. 그래서 애원처창哀怨悽愴·오열처창嗚咽悽愴이란 말로 그 곡의 느낌을 표현하기도 한다.

후정화는 조선중기까지 연주되었던 가요의 하나로, 북전北殿이라고도 한다. 이 곡이 언제 성립되었는지는 정확하지 않으나, 고려 충혜왕忠惠王 때 임금이 신하와 함께 궁궐 후원에서 연회악宴會樂으로 즐기던 곡이라고도 전해진다. 조선 태종 이후에는 그 가사의 내용이 음란하다 하여 배척되다가, 성종 때 고려가요인 「쌍화점雙花店」·「이상곡履霜曲」과 함께 음란한 노랫말이 고쳐졌다. 최근 음란 외설로 회자되었던 영화 「쌍화점」에 나오는 그 노랫말과 유사했던 듯하다. 지금은 연주되지 않고 악보만 전하고 있어, 어떠한 형태의 음악이었는지 알 수 없다고 한다.

그 외 영산회상·보허사는 조선시대 궁중이나 민간에서 연주되던 현악합주곡이다. 영산회상은 본래 불교음악이다. 영산은 석가여래가 중생을 구도하고자 설법하던 영취산靈鷲山을 일컫는다. 불자들이 영취산에 모여든 것을 가리켜 영산회靈山會라 하였다. 이 영산회에서 불보살의 자비와 성덕을 찬양한 가사歌辭인 「영산회상불보살靈山會相佛菩薩」에 곡을 얹어 부른 것이 영산회상이다. 이것이 조선후기 지방의 선비나 부유한 중인中人 출신의 풍류객에 의해 전승·발전되었다. 불교음악으로 출발했던 영산회상이 민간에 전해지면서 악곡도 여러 형태로 변화된 경우이다.

보허사는 궁중 연례악宴禮樂의 하나로, 고려 때 중국 송나라로부터 들어왔다. 원곡명은 보허자步虛子이며, 황하청黃河淸이라고도 한다. 조선시대 왕세자의 거동 때 연주되는 출궁악出宮樂이나 잔치 때 연주되는 연회곡宴會曲으로 사용되었다. 영조 이후 원곡인 보허자와 구별하기 위해 보허사라 이름하였고, 주로 민간에서 풍류객에 의해 여러 파생곡이 생겨나 연주되었다. 순조 때의 옛 악보인 『유예지遊藝志』에 보허사라는 이름으로 거문고 악보가 전하고 있다.

경쾌한 평조곡인 보허사는 산행에서 가장 선호하던 곡이었다. 유몽인柳夢寅은 홍류동 계곡으로 들어 와 푸른 소나무 그늘이 드리운 시냇가에 가서 초록 이끼를 깔고 앉았다. 그리고는 비파로 영산회상・보허사를 연주하고, 범패로 그에 맞춰 춤을 추고, 징과 북소리가 어우러지게 했더니, 평생 관현악을 들어보지 못한 깊은 산속의 승려들이 모두 모여들어 돋움 발로 구경하며 기이하게 여겼다고 한다.

박장원朴長遠은 "피리 부는 악공이 사당 뒤편 일월대에 앉아 보허사 한 곡을 경쾌하게 불자, 뼈 속이 서늘해지고 혼이 맑아지면서 두 어깨가 들썩이는 듯하였다."고 하였고, 이동항李東沆 또한 천왕봉에서 "피리 부는 사람에게 보허사를 연주하게 하였다. 한 곡조가 끝나자 간드러지는 그 맑은 소리가 푸른 허공 속으로 흩어졌다."고 하였으니, 보허사가 산행 도중의 애청곡이었음을 알 수 있다.

선인들은 산행에서 상황에 맞게 악곡을 선택하여 연주하였다. 오두인吳斗寅은 쌍계사에서 불일암을 찾아 가파른 길을 힘들게 올라 갈 때 마치 신선이 되어 날아오른다는 내용의 상운악上雲樂을 연주하였고, 조위한趙緯韓은 비취빛 깔린 맑은 시내가 펼쳐진 선경에 들어서자 데리고 온 악공에게 마상조馬上調를 우성羽聲에 맞춰 연주하라 명하고, 말고삐를 늦추고서 그 경관을 음미하며 천천히 걸어갔다.

그 당시 연주되던 악곡을 살펴보면 매우 다양한 장르의 곡을 연주했음을 알 수 있다. 요즘의 음악 장르로 분류하자면, 슬픈 발라드풍의 계면조, 댄스풍의 경쾌한 보허사, 찬송가풍의 장중한 영산회상 등 적시적소에 적합한 음악을 들으며 풍류를 즐겼던 것이다.

선인들의 유람 이야기

답사나 여행의 가장 큰 즐거움은 새로운 곳에서 느끼는 낯선 설렘이 아닐까 싶다. 가보지 않았던 곳, 동경하고 그리워했던 곳을 찾아 떠나고자 하는 열망이 강할수록 그 설렘은 강렬해진다.

여기 낯선 세계에 대한 설렘과 동경을 품고 그곳으로 떠나는 이가 있다. 그는 오랜 염원을 담아 낯선 곳을 찾아 나선다. 그런데 낯설지가 않다. 어디선가 본 듯 들어본 듯 낯설지 않다. 그 낯설지 않음이 이상하지도 않다. 왜냐하면 그는 그 이유를 알고 있기 때문이다.

여기 한 편의 아름다운 글이 있다. 낯선 곳을 유람하며 느꼈던 그 설렘을 가득 풀어놓은 아름다운 글이다. 이 글을 읽는 많은 이들은 새로운 설렘을 꿈꾼다. 그들이 밟았던 그 낯선 세계를 동경하고 그리워하며 새로운 설렘을 꿈꾼다. 그 역시 그 낯선 곳으로 떠난다. 그 또한 그곳에서 낯설지 않음을 느낀다. 그리고 또 다른 설렘을 꿈꾸는 자를 위해 그 설렘을 아름다운 글로 남겨둔다.

조선시대 선인들의 지리산 유람은 개국 초기부터 20세기까지 꾸준히 지속되어 왔다. 역사적 소용돌이 속에서 아주 잠시 동안 주춤한 적은 있었으나, 우리나라 어떤 명산보다도 많은 사람들의 사랑을 받아왔다. 지금이야 문명의 이기利器에 의해 여러 등산로가 발달되어 있지만, 우리 선인들이 지리산을 오를 때는 변변한 지침서도 없었다. 길 안내를 맡은 향도자의 역할이 절대적이라 할 수 있었다.

그나마 유람자들이 출발에 앞서 필독하거나 꼭 지참했던 것이라면 앞 시대 선인들의 유람록이었다. 선인들이 지리산을 유람하고서 남긴 그 설렘의 기록을 읽으며 후인들 또한 똑같은 설렘을 꿈꾼 것이다. 그리고 그들이 그곳을 찾았을 때 그 설렘은 낯설지 않았다.

특히 애독愛讀되었던 작품으로는 김종직과 김일손 그리고 조식의 유람록이며, 그 외에도 남효온과 유몽인의 것이 언급되기도 한다. 경북 칠곡에 살았던 명암冥菴 이주대李柱大 1689~1755는 "옛 사람들 중에 두류산을 유람한 이는 많다. 그 중에서 특히 김종직·김일손·조식 세 선생의 유람이 가장 드러난다. 이는 그들의 풍치와 드높은 정신이 이 산과 더불어 그 우뚝함을 다투며, 이들은 유람을 한 뒤 유람록을 남겼고, 그 유람록에서는 풍광을 묘사한 것이 그 자태를 상세히 나타냈고, 그 감흥을 표현한 것이 그 정감에 적합했기 때문이 아니겠는가?"라고 하여, 이들 작품이 100여 편이 넘는 지리산 유산기의 진수眞髓임을 입증하였다. 이주대는 1748년 4월 1일부터 24일 동안 덕산의 남명 유적지와 대원사를 구경하고 이어 청학동을 유람했던 인물이다. 남주헌은 동행했던 경상관찰사 윤광안이 남효온·김종직·김일손 등의 지리산 유람록을 가져왔기에, 때때로 빌려 읽어 여정에 있던 사찰과 봉우리의 이름을 미리 알 수 있었다고 하였다.

이들은 지리산이 그곳에 있어 그저 오르는 것이 아니라 자연을 인식하고 사람을 생각하고, 역사를 돌아보며 세상을 포용하고, 그리고 미래를 희망하였다. 산을 통해 자연과 인간과 역사와 세상을 읽은 것이다. 후인들은 유람에 앞서 선인의 글을 읽어 그들의 유람을 먼저 공감하였다. 이렇듯 선인들의 유람은 후인에게 그대로 전해졌던 것이다.

그중 놓칠 수 없는 것이 바로 선인들이 각 여정에서 보고 느낀 감회를 공감하고자 하는 후인의 열망이다. 지리산 유산기에는 시대가 흘러도 반복되는 여러 재미난 이야기가 전한다. 후인들은 선인의 기록에 전해진 이야기를 현장에서 확인하고, 선인들의 유람에서 경험한 일들을 체험해 보기도 한다. 이는 산행에서 즐거움이 되고, 귀감이 되고, 힘든 여독을 풀어주는 청량제 역할을 하였다. 이처럼 유람 도중 일어나는 재미난 일화를 중심으로, 선인과 후인들이 세월의 공백을 뛰어넘어 서로 공감대를 형성한 토막 이야기를 소개해 보고자 한다.

비루하구나, 하동수령의 나약함이여!

함양에서 출발하여 용유담과 군자사를 지나고 백무동을 거쳐 제석봉으로 오르자면 반드시 거치게 되는 곳이 하동암河東巖이다. 지금도 바위에 '하동암河東巖'이란 세 글자가 석각되어 있고, 힘들게 오른 유람자를 위해 간략한 내력을 소개한 입간판이 세워져 있다. 대개의 유람자는 그저 눈길 한 번 주고는 다음 목적지를 위해 떠나기 일쑤다.

옛날 하동수령이 천왕봉을 오르기 위해 출발했다가 이곳에 이르러 그만 다리의 힘이 빠져, 더 이상 오르지 못하고 통곡하고는 돌아갔다고 한다. 그래서 이 바위를 '하동암'이라 이름 하였고, 통곡하고 돌아갔다 하여 '곡암哭巖'이라고도 불렀다. 양대박은 이곳에 이르러 "비루하구나. 하동수령의 나약한 의지여. 자기의 힘을 헤아려 보지도 않고 경솔하게 험한 곳을 덤벼들어 무모하게 아름다운 경관을 구경하려 하다니. 겨우 숲속에만 들어갔을 뿐 백 리 길을 반도 못 가고 말아, 한 삼태기의 공이 허사가 되었으니, 어찌 후세 사람들의 웃음거리가 되지 않겠는가?"라고 하여, 산행을 시작하고서 힘들다고 중도에 포기하면 여태껏 고생스레 올라 온 그 노력마저 허사가 됨을 비꼬고 있다.

하동암

　사실 함양에서 백무동과 제석봉을 지나 천왕봉에 이르는 이 코
스는 하동암을 기점으로 험준해지기 시작한다. 진짜 산행은 여기
서부터 시작되는 것이다. 양대박은 "여기서부터는 앞사람은 뒷사
람의 정수리를 밟는 듯하고 뒷사람은 앞사람의 발밑을 보면서, 넝
쿨을 잡거나 나무를 부여잡고 올라가는데, 그 괴로움을 감내할 수
없었다."고 하였고, 박여량 또한 "우리도 매우 피곤하여 열 걸음에
한 번씩 쉬었는데, 쉴 때마다 너무 오래 앉아 있어서 일어나지도
못하였다."고 하였으니, 하동암 이후의 산행이 얼마나 힘든 코스인
지를 알게 해 준다.

　이때 하동암은 지친 유람자를 일으켜 세울 좋은 촉매제 역할을

하였다. 힘들어하는 양대박에게 일행 중 한 사람이 "힘내서 오르게나. 하동수령처럼 남에게 웃음거리가 되지 마시게."라는 말로 서로 격려하며 올라갔고, 박여량 또한 동행했던 박여승朴汝昇이 더 이상 오르지 못하고 주저앉자 "예전부터 하동암이라 불러 왔지만, 이제는 '합천암陜川巖'이라 고쳐 부르는 것이 좋겠네."라고 하였다. 박여승이 합천군수를 지냈기 때문에 한 농담이었다. 그러자 박여승은 하동암에서 겨우 50~60보쯤 오른 뒤 스스로 안도의 숨을 쉬면서 "우리가 하동암을 지나 꽤나 멀리 올라왔지요."라는 농담으로 맞받아쳤다. 이른바 오십 보 달아난 자가 백 보 달아난 자를 비웃는 꼴이었지만, 힘든 산행에서 한 차례 소나기 같은 청량한 웃음을 선사하는 멋진 농담이었다.

하동암은 이처럼 유람자의 힘든 발길을 채근하는 역할을 톡톡히 하였다. 이곳에서 하동수령처럼 민망한 일을 당해 누대에 웃음거리가 되지 않기 위해, 힘들어도 마음을 다잡는 곳이기도 하였다. 누구의 아이디어인지 참으로 선견지명이 있었던 듯하다. 선현들의 지혜가 놀랍기만 하다.

스님은 죄인을 어디서 묶어 오는 것이오?

김일손은 26세 때인 1489년 4월 14일, 벼슬을 그만두고 고향인 함양에 내려와 있던 정여창과 함께 지리산을 유람하기 위해 함양을 출발하였다. 당시 김일손은 진주학관晉州學官으로 부임해 있었다.

김일손의 지리산 유람 일정은 참으로 특이한 점이 있다. 여타의
지리산 유람은 그 행로에 있어 몇몇의 공통된 코스로 분류할 수
있는 반면, 김일손이 지나 온 행로는 독특하다. 그는 15일 간의
유람 동안 지리산 북쪽인 함양을 출발, 용유담을 거쳐 다시 함양
수동水東으로 갔다가, 동쪽으로 이동하여 산청의 환아정換鵝亭을 구

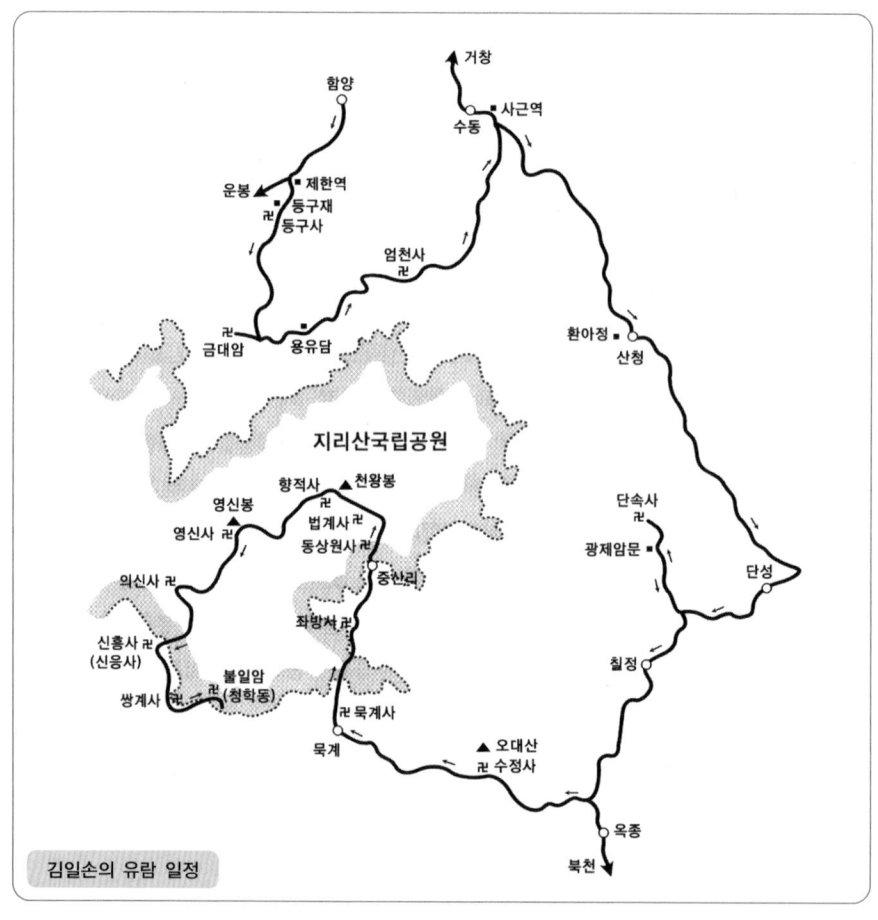

김일손의 유람 일정

경하고 단성에서 단속사斷俗寺를 유람한 후, 옥종면 칠정을 경유해 오대사五臺寺·묵계사黙契寺를 보고, 다시 중산리로 길을 잡아 천왕봉에 올랐다. 그리고 영신봉을 거쳐 지리산권역의 남쪽인 칠불사·신홍사·쌍계사를 구경하고, 정여창의 은거지인 악양으로 가서 동정호洞庭湖를 유람하였다. 한마디로 그의 일정은 지리산권역 중 서쪽의 구례 방면을 제외한 북쪽·동쪽·남쪽 일대를 두루 유람한 셈이다. 실제 천왕봉에 오른 것은 15일 간의 유람 일정 중 9일째 되는 날이며, 이후 곧장 청학동 쪽으로 하산하였다. 결국 그의 유람은 산을 오르는 데 목적이 있었던 것이 아니라, 지리산권역 주변의 문화와 역사를 두루 섭렵하는 데 있었던 것으로 생각된다. 그래서인지 그의 유람록에는 지나는 곳마다 보고 듣고 접한 현실에 대한 감회가 특히 두드러지게 나타난다. 이 또한 김일손의 유람록이 지닌 또 다른 특징 중 하나이다.

어쨌든 두 사람의 유람에는 후인들에게 회자된 작은 일화가 전해진다. 김일손 일행이 천왕봉을 오르는 도중 법계사에 이르기 전의 험준한 계곡 길을 오를 때이다. 묵계사에 들렀다가 중산리로 길을 잡았는데, 아마도 현 산청군 시천면 신천리 양수발전소 하부 댐 부근에서 중산리로 오르는 어디쯤이었을 것으로 추정된다. 김일손은 힘찬 걸음으로 휑하니 먼저 올라가 시냇가 바위에 앉아 쉬고 있는 반면, 정여창은 힘이 부치자 허리에 끈을 묶고는 한 승려에게 앞에서 끌도록 하였다. 바위 위에서 내려다보고 있던 김일손이 그들을 맞이하며 말하기를 "스님은 어디서 죄인을 묶어 오는 것이오?"라고 하니, 정여창이 웃으며 "산신령이 도망친 나그네를 붙잡아 오는 것이지요."라고 대꾸하였다. 정여창은 예전에도 지리산을 유람한 적이 있었는데, 자신을 속세로 도망친 나그네로 치부하여 익살스럽게 대답한 것이다.

이 일화는 이후 지리산을 오르는 이들에겐 일종의 상징이 되었다. 박여량은 제석당을 향해 오를 때 길이 매우 가팔라 한 걸음 내딛기가 어려웠다. 그래서 일행들에게 부축하게도 하고, 앞에서 끌고 뒤에서 밀게도 하였다. 그러면서 "비록 달아나려 해도 달아날 수가 없겠구려."라고 말하였다. 그 역시 힘들어하여 앞에서 끌고 가는 모습을 마치 끈에 묶여 이끌려 가던 정여창의 모습과 동일시했던 것이다.

정재규鄭載圭 역시 힘든 산행으로 오르기가 고달파지자 동행 김풍오金豊五에게 앞에서 끌고 가게 했다. 조금 평평한 곳에 이르자 김풍오가 잰걸음으로 달려 나가며 말하기를 "산신령의 명을 받들어 도망간 나그네를 잡아 왔소."라고 하니, 정재규가 웃으며 말하기를 "그대가 나를 일두선생에게 비유해 참으로 영광이오. 그럼 자네는 스스로를 탁영선생에 비유한 것인가."라고 하며, 서로를 쳐다보고 웃었다. 이 뿐인가. 유몽인은 정여창의 은거지 악양정을 둘러보면서도 이 일화를 떠올리며 그의 삶을 회고하였다. 선현의 풍류와 해학을 닮고 싶은 후인의 염원이 저절로 드러난 것이리라.

스승은 제자를 그냥 보낼 수 없었네

유람록을 읽다 보면 곳곳에서 재미난 이야기를 많이 접한다. 특히 유람자가 찾아가는 곳의 지명 유래나 그에 얽힌 이야기 가운데 교훈적이고 유서 깊은 곳을 만나면, 때론 마음 한 켠이 뜨거워지기도 하고, 가슴 저 밑바닥에서부터 뭉클한 감동이 솟구치기도 한다. 마을 이야기도 그 중 하나다.

천왕봉을 오르기 위해서는 산청이나 덕산에서 출발하여 대원사를 거쳐 중봉·천왕봉에 이르는 길이 있다. 이 길은 지금도 등산객

유평마을 대원사 승려들이 지리산 산행 정진을 떠나고 있다

가리암과 부춘동富春洞 석각
가례암으로 추정되어 전해지는
이 바위에는 '부춘동' 세 글자가
새겨져 있다

들이 애용하는 코스다. 과거 선인들 중에는 허유許愈 · 박치복朴致馥 · 조성렴趙性濂 · 정재규鄭載圭가 덕산德山을 지나 대원사를 거쳐 올라갔고, 김학수金學洙는 산청에서 중봉으로 올랐다가 대원사를 경유해 내려왔다.

이 길에서 꼭 거쳐야 하는 곳이 바로 유평柳坪이다. 현 산청군 삼장면 유평리를 가리키는데, 대원사에서 1km 남짓 좁은 길을 따라 올라가면 닿는다. 이곳 유평촌은 유두류촌遊頭流村이라고도 하고, 유도리儒道里라고도 불렀다. 전자는 조성렴과 정재규의 유람록에 보이고, 후자는 노광무盧光懋의 기록에 보인다. 이들 이전의 기록에서는 '유평'이라 하였다. '유도리'와 관련해서는 정확한 언급이 나와 있지 않다. '유두류촌'은 처음 접할 땐 유람록의 제목인 줄 알았다. 지리산을 오르내리는 사람이라면 반드시 이 마을에서 쉬거나 묵어가야 한다는 뜻에서 '유두류촌'이라 이름 지었다고, 조성렴과 정재규는 입을 모아 말하고 있다. 지리산에 들어온 자가 반드시 거쳐 가는 곳, 유두류촌. 그 멋스러운 이름이 어찌하여 없어졌는지 모르겠다.

그 외에 가례암촌家禮巖村 이야기도 들어봄 직하다. 녹사錄事 한유한韓惟漢이 바위에 앉아 『주자가례朱子家禮』를 읽었다 하여 그 마을을 가례암촌이라 일컬었고, 그 바위에는 '가례암家禮巖'·'녹사암錄事巖'이라는 글자가 새겨져 있었다고 한다. 현 하동군 청암면 상이리 시목마을이 바로 그곳이다. 현재 이 바위는 '가리암'·'가리바구'로 불린다. 1807년 3월 하익범河益範은 천왕봉에 오른 후 청학동을 찾아 악양에 들렀다가 가례암촌에서 묵었다. 그리고는 다음날 시간을 내어 가례암에 올랐다. 바위는 오래되고 정자는 터만 남아 있어, 쓸쓸히 천 년 세월의 무상한 감회가 든다고 하였다. 어찌하여 그 아름다운 일화가 담긴 이름이 얼토당토않게 바뀔 수 있는지 신기하기만 하다.

마을 이름의 유래와 관련하여, 스승과 제자 간의 아름다운 정을 기리는 이야기도 전한다. 남명 조식이 만년에 산청 덕산으로 옮겨와 터를 잡은 이후로, 덕산에는 많은 학자들이 찾아들었다. 그 가운데 덕계德溪 오건吳健이 스승을 찾아왔다가 작별을 고하고 돌아가

파구정

는데, 작별을 못내 아쉬워하던 남명이 10리 밖까지 배웅하며 베풀어 준 전별주에 취하여 그만 말에서 떨어져 이마에 상처를 입었다고 한다. 이 고사로 인해 남명이 덕계에게 전별주를 대접했던 그 나무 아래를 송객정送客亭이라 하고, 덕계가 말에서 떨어져 이마를 다친 곳을 면상촌面傷村이라 부르게 되었다.

송객정은 현 산청군 삼장면 덕교리 덕교마을에 있었다. 시천면 소재지에서 대원사 쪽으로 가다가 삼장면소재지를 지나면 나타나는데, 덕교마을에서 바라보면 산청으로 넘어가는 지름길인 밤머리

재[栗峙]가 한 눈에 들어온다. 덕계는 산청 사람이었으니, 이 밤머리 재를 넘으려 했던 것이다.

현 덕교마을 입구의 나무 곁에는 파구정破寇亭이라는 정자가 세워져 있다. 임진왜란 때 그곳의 손씨孫氏 3형제가 이끄는 의병들이 왜구를 크게 물리쳐서 이를 기리기 위해 지었다고 한다. 마을 노인에 의하면 이 파구정이 송객정이라 강조하였다. 짐작컨대 후인들 중 누군가 두 사람의 일화와 관련하여 나무 아래에 정자를 지었는데, 후대에 손씨 형제의 일과 뒤섞여 전해진 듯하다.

그러나 송객정은 정자가 아니라 남명과 덕계가 전별주를 마시던 그 나무를 일컫는다. 후대 문인들이 두 사람의 아름다운 일화를 읊은 시에 의하면, 이 나무는 소나무였다. 이산二山 최원근崔元根 1850~1923의 「송객정」 시에 의하면, "봄바람 불어오는 송객정/ 고사에 감동하여 예 와서 쉬네/ 그분들은 떠나고 소나무만 남아/ 부질없이 백세토록 푸르구나."[春風送客亭 感古此來停 人去松猶在 空令百世靑]라고 하였으니, 근세까지만 해도 그 소나무가 남아있었음을 알 수 있다.

또한 덕계가 말에서 떨어져 이마를 다쳤다는 면상촌은, 지금은 삼장면 명상촌明上村으로 불리어진다. 마치 지리산 언저리에 위치하여 명상하기 좋은 마을인 듯한 착각을 불러일으킨다. 간혹 면상촌面上村이라 불리기도 하는데, 이는 와전된 것이리라. 지금은 면상촌面傷村의 정확한 유래와 그 속에 남긴 아름다운 일화를 아는 이가 드물다.

명상마을

　면상촌 관련 일화는 후대에 와전되기도 하였다. 1877년 8월 5일 부터 10일 간 덕산에서 대원사를 지나 천왕봉에 올랐던 후산后山 허유許愈의 「두류록頭流錄」을 살펴보면, 면상촌 인근에 덕계가 말에 서 떨어진 언덕인 낙마파落馬坡가 있는데, 덕계가 스승과 헤어진 후 동문과 함께 통음痛飲한 후 돌아가다가 이곳에 이르러 말에서 떨어져 이마를 다쳤다고 하였다. 앞의 일화에 비하면 밋밋하고 무 덤덤한 느낌이다.

　후인들은 이곳을 지나면서 두 사제 간의 정을 선망하고 그리워 하였다. 1887년 8월 대원암을 지나 중봉을 거쳐 천왕봉에 올랐다 가 면상촌에 이르렀던 노백헌老栢軒 정재규鄭載圭는 이곳을 지나며 다음과 같이 회고하였다.

　　면상촌을 지났다. 옛날 오덕계가 스승을 찾아왔다가 돌아갈 적에
남명 선생이 10리 밖 큰 나무 밑까지 전송을 나와 전별연을 베풀어
주었다. 덕계는 취해서 이 마을을 지나다가 말에서 떨어져 상처를
입었다. 후인들이 그 나무를 송객정이라 하고, 그 마을을 면상촌이라
이름하였다. 나는 그 터를 돌아보고 배회하며 당시를 상상해 보았
다. 그 상쾌한 청풍이 예전처럼 소매 속으로 들어오는 듯했다. 아!
얼굴에 상처를 입은 그 멋을 누가 알겠는가. 물고기는 냇물에서 노닐
고 새는 구름 속을 나는구나. 후인들이 그 멋을 모를 뿐 아니라,
당시 그들 자신도 까마득히 그 멋을 몰랐을 것이다.

〈정재규, 「두류록」〉

　　찾아준 제자에 대한 고마움과 이별을 아쉬워하는 스승의 안타
까움, 그 마음을 알기라도 하듯 스승이 권하는 전별주를 취하도록
마시는 제자. 덕계는 아마도 스승의 그 마음에 취했으리라. 수백
년 뒤의 노백헌 또한 두 사제 간의 그 아름다운 정에 취하고 싶었던
것일까?

　　이렇듯 지리산 자락에는 아름다우면서 귀감이 되는 이야기가
많이 숨어 있다. 이를 발굴하여, 재미있고 편안한 이야기 옷으로
갈아입혀 세상에 전하고, 와전되어 전혀 다른 옷으로 갈아입은 것
들은 본래의 자리로 되돌려야 할 것이다. 그리하여 지금의 사람들
이 지리산이라는 거대한 산봉우리를 삶의 현장에서 내치지 않고,

마치 이웃인 양 쉽게 다가갈 수 있도록 그 계기를 만들어 주어야
할 것이다. 이것이 우리가 지리산을 제대로 이해하고, 제대로 된
지리산을 후손에게 물려줄 수 있는 방안이 될 것이다.

지리산 유산기 목록

15세기

저 자	작품 및 문집명	유람 시기
이륙李陸 1438-1498	유지리산록遊智異山錄(『청파집靑坡集』)	1463.08.○-08.25
이륙李陸 1438-1498	지리산기智異山記(『청파집靑坡集』)	1463.08.○-08.25
김종직金宗直 1431-1492	유두류록遊頭流錄(『점필재집佔畢齋集』)	1472.08.14-08.18
남효온南孝溫 1454-1494	지리산일과智異山日課(『추강집秋江集』)	1487.09.27-10.13
남효온南孝溫 1454-1494	유천왕봉기遊天王峯記(『추강집秋江集』)	1487.09.30
남효온金馹孫 1464-1498	속두류록續頭流錄(『탁영집濯纓集』)	1489.04.11-04.26

16세기

저 자	작품 및 문집명	유람 시기
조식曺植 1501-1572	유두류록遊頭流錄(『남명집南冥集』)	1558.04.10-04.26
하수일河受一 1553-1612	유청암서악기遊靑巖西嶽記(『송정집松亭集』)	1578.04.
변사정邊士貞 1529-1596	유두류록遊頭流錄(『도탄집桃灘集』)	1580.04.05-04.11
하수일河受一 1553-1612	유덕산장항동반석기遊德山獐項洞盤石記(『송정집松亭集』)	1583.08.18
양대박梁大樸 1544-1592	두류산기행록頭流山紀行錄(『청계집靑溪集』)	1586.09.02-09.12

17세기 전반기

저 자	작품 및 문집명	유람 시기
박여량朴汝樑 1554-1611	두류산일록頭流山日錄(『감수재집感樹齋集』)	1610.09.02-09.18
유몽인柳夢寅 1559-1623	유두류산록遊頭流山錄(『어우집於于集』)	1611.03.29-04.08
박민朴敏 1566-1630	두류산선유기頭流山仙遊記(『능허집凌虛集』)	1616.09.24-10.08
성여신成汝信 1546-1631	방장산선유일기方丈山仙遊日記 (『부사집浮査集』)	1616.09.24-10.08
조위한趙緯韓 1558-1649	유두류산록遊頭流山錄(『현곡집玄谷集』)	1618.04.11-04.20
양경우梁慶遇 1568- ?	역진연해군현 잉입두류 상쌍계신흥기행록歷盡沿海郡縣 仍入頭流 賞雙溪神興紀行錄 (『제호집霽湖集』)	1618.윤4.15-05.18
조겸趙珠 1569-1652	유두류산기遊頭流山記(『봉강집鳳岡集』)	1623.02.10-02.16

17세기 후반기

저 자	작품 및 문집명	유람 시기
허목許穆 1595-1682	지리산기智異山記(『기언記言』)	1640.09.03
허목許穆 1595-1682	지리산청학동기智異山靑鶴洞記(『기언記言』)	1640.09.03
박장원朴長遠 1612-1671	유두류산기遊頭流山記(『구당집久堂集』)	1643.08.20-08.26
오두인吳斗寅 1624-1689	두류산기頭流山記(『양곡집陽谷集』)	1651.11.01-11.06
김지백金之白 1623-1671	유두류산기遊頭流山記(『담허재집澹虛齋集』)	1655.10.08-10.11
송광연宋光淵 1638-1695	두류록頭流錄(『범허정집泛虛亭集』)	1680.08.20-08.27
정협鄭悏 1674-1720	유두류록遊頭流錄(『기행록紀行錄』)	1691.04.16-04.17

18세기

저 자	작품 및 문집명	유람 시기
김창흡金昌翕 1653-1722	영남일기嶺南日記(『삼연집三淵集』)	1708.02.03-윤03.21
신명구申命耉 1666-1742	유두류일록遊頭流日錄(『남계집南溪集』)	1719.05.16-05.21
신명구申命耉 1666-1742	유두류속록遊頭流續錄(『남계집南溪集』)	1720.04.06-04.14
조구명趙龜命 1693-1737	유지리산기遊智異山記(『동계집東谿集』)	1724.08.01-08.03
조구명趙龜命 1693-1737	유용유담기遊龍游潭記(『동계집東谿集』)	1724.08.01
정식鄭栻 1683-1746	두류록頭流錄(『명암집明菴集』)	1724.08.02-09/ 08.17-27(2차)
김도수金道洙 1699-1733	남유기南遊記(『춘주유고春洲遺稿』)	1727.09.12-10.05
정식鄭栻 1683-1746	청학동록靑鶴洞錄(『명암집明菴集』)	1743.04.21-04.29
황도익黃道翼 1678-1753	두류산유행록頭流山遊行錄(『이계집夷溪集』)	1744.08.27-09.14
이주대李柱大 1689-1755	유두류산록遊頭流山錄(『명암집冥庵集』)	1748.04.01-04.24
하필청河必淸 1701-1758	유낙수암기遊落水巖記(『태와유고台窩遺稿』)	미상
권길權佶 1712-1774	중적벽선유기中赤壁船遊記 (『경모재집敬慕齋集』)	○년.09.16
박래오朴來吾 1713-1785	유두류록遊頭流錄(『니계집尼溪集』)	1752.08.10-08.19
이갑룡李甲龍 1734-1799	유산록遊山錄(『남계집南溪集』)	1754.윤5.10-05.16
홍씨洪○○ ?-?	두류록頭流錄(『삼우당집三友堂集』)	1767.07.16-07.30
이만운李萬運 1736-1820	촉석동유기矗石同遊記 · 덕산동유기德山同遊記 · 문산재동유기文山齋同遊記 (『묵헌집黙軒集』)	1783.11.26-11.28
이동항李東沆 1736-1804	방장유록方丈遊錄(『지암집遲庵集』)	1790.03.28-05.04
유문룡柳汶龍 1753-1821	유천왕봉기遊天王峯記(『괴천집槐泉集』)	1799.08.16-08.18

19세기

저 자	작품 및 문집명	유람 시기
배찬裵瓚 1825-1898	유두류록遊頭流錄(『금계집錦溪集』)	○년.09.04-09.08
응윤應允 1743-1804	두류산회화기頭流山會話記(『경암집鏡巖集』)	1803.03.
응윤應允 1743-1804	지리산기智異山記(『경암집鏡巖集』)	미상
안치권安致權 1745-1813	두류록頭流錄(『내옹유고乃翁遺稿』)	1807.02.
남주헌南周獻 1769-1821	지리산행기智異山行記(『의재집宜齋集』)	1807.03.24-04.01
하익범河益範 1767-1815	유두류록遊頭流錄(『사농와집士農窩集』)	1807.03.26-04.08
유문룡柳汶龍 1753-1821	유쌍계기遊雙磎記(『괴천집槐泉集』)	1808.08.08-08.16
정석구丁錫龜 1772-1833	두류산기頭流山記(『허재유고虛齋遺稿』)	1818.01
정석구丁錫龜 1772-1833	불일암유산기佛日庵遊山記 (『허재유고虛齋遺稿』)	미상
노광무盧光懋 1808-1894	유방장기遊方丈記(『구암유고懼菴遺稿』)	1840.04.29-05.09
민재남閔在南 1802-1873	유두류록遊頭流錄(『회정집晦亭集』)	1849.윤04.17-04.21
하달홍河達弘 1809-1877	두류기頭流記(『월촌집月村集』)	1851.윤08.02-08.07
하달홍河達弘 1809-1877	유덕산기遊德山記(『월촌집月村集』)	미상
하달홍河達弘 1809-1877	유무주암기遊無住菴記(『월촌집月村集』)	1860.10.15
하달홍河達弘 1809-1877	장항동기獐項洞記(『월촌집月村集』)	○년 봄
하달홍河達弘 1809-1877	안식동기安息洞記(『월촌집月村集』)	미상
김영조金永祚 1842-1917	유두류록遊頭流錄(『죽담집竹潭集』)	1867.08.26-08.29
송병선宋秉璿 1836-1905	지리산북록기智異山北麓記(『연재집淵齋集』)	1869.02.
권재규權在奎 1835-1893	유적벽기遊赤壁記(『직암집直菴集』)	1869.08.16
조성렴趙性濂 1836-1886	두류유기頭流游記(『심재집心齋集』)	1872.08.16-08.26
황현黃玹 1855-1910	유방장산기游方丈山記(『매천집梅泉集』)	1876.08-미상

저자	작품 및 문집명	유람 시기
박치복朴致馥 1824-1894	남유기행南遊記行(『만성집晚醒集』)	1877.08.24-09.16
허유許愈 1833-1904	두류록頭流錄(『후산집后山集』)	1877.08.05-08.15
송병선宋秉璿 1836-1905	두류산기頭流山記(『연재집淵齋集』)	1879.08.01-미상
전기주全基柱 1855-1917	유쌍계칠불암기遊雙溪七佛菴記(『국포속고菊圃續稿』)	1883.초여름 6일 간
전기주全基柱 1855-1917	유대원암기遊大源菴記(『국포속고菊圃續稿』)	1884.04
김성렬金成烈 1846-1919	유청학동일기遊青鶴洞日記(『겸산집兼山集』)	1884.05.01-05.09
정재규鄭載圭 1843-1911	두류록頭流錄(『노백헌집老栢軒集』)	1887.08.18-08.28
조종덕趙鍾德 1858-1927	두류산음수기頭流山飮水記(『창암집滄庵集』)	1895.04.11-미상
강병주姜炳周 1839-1909	두류행기頭流行記(『두산집斗山集』)	1896.08.15-08.17
하겸진河謙鎭 1870-1946	유두류록遊頭流錄(『회봉집晦峯集』)	1899.08.16-08.24

20세기

저 자	작품 및 문집명	유람 시기
유정탁柳正鐸 ?-?	두류기행頭流紀行(『청천가호집菁川家稿集』)	○년.03.10-03.14
송병순宋秉珣 1839-1912	유방장록遊方丈錄(『심석재집心石齋集』)	1902.02.03-03.12
김회석金會錫 1856-1933	지리산유상록智異山遊賞錄(『우천집愚川集』)	1902.02.03-03.12
안익제安益濟 1850-1909	두류록頭流錄(『서강유고西崗遺稿』)	1903.08.27-미상
양재경梁在慶 1859-1918	유쌍계사기遊雙溪寺記(『희암유고希庵遺稿』)	1905.04
김교준金教俊 1883-1944	두류산기행록頭流山記行錄(『경암집敬菴集』)	1906.03.30-04.03
권호명權顥明 ?-?	쌍칠유관록雙七遊觀錄(『죽하유고竹下遺稿』)	○년.09.13-미상
정종엽鄭鐘燁 1885-1940	유두류록遊頭流錄(『수당집修堂集』)	1909.01.28-02.06

배성호裵聖鎬 1851-1929	유두류록遊頭流錄(『금석집錦石集』)	1910.03.14-03.20
이수안李壽安 1859-1929	유두류록遊頭流錄(『매당집梅堂集』)	1917.08.02-08.14
곽태종郭泰鍾 1872-1940	순두류록順頭流錄(『의재유고毅齋遺稿』)	1922.03
장화식蔣華植 1871-1947	강우일기江右日記(『복암집復菴集』)	1925.01.18-02.03
김규태金奎泰 1902-1966	유불일폭기遊佛日瀑記(『고당집顧堂集』)	1928.05.10
오정표吳正杓 1897-1946	유불일폭기遊佛日瀑記(『매봉유고梅峯遺稿』)	1928.06.07-06.08
김택술金澤述 1884-1954	두류산유록頭流山遊錄(『후창집後滄集』)	1934.03.19-04.07
정기鄭琦 1879-1950	유방장산기遊方丈山記(『율계집栗溪集』)	1934.08.17-08.24
이보림李普林 1903-1974	두류산유기頭流山遊記(『월헌집月軒集』)	1937.04.06-04.09
이보림李普林 1903-1974	천왕봉기天王峯記(『월헌집月軒集』)	1937.04.19
김학수金學洙 1891-1974	유방장산기행遊方丈山記行 (『술암유집述菴遺集』)	1937.08.16-08.22
이병호李炳浩 1870-1943	유천왕봉연방축遊天王峰聯芳軸	1940.05.24-05.28
이현섭李鉉燮 1879-1960	두류기행頭流紀行(『인재집仞齋集』)	1940.08.16-08.29
성재기成在祺 1912-1979	두류기행頭流紀行(『정헌집定軒集』)	1940.09
정덕영鄭德永 1885-1956	방장산유행기方丈山遊行記 (『위당유고韋堂遺稿』)	1940.08.27-09.07
양회갑梁會甲 1884-1961	두류산기頭流山記(『정재집正齋集』)	1941.04.30-05.06
하종락河鍾洛 1895-1969	두류산동유록頭流山同遊錄(『소계집小溪集』)	1964.06.15-06.23

강정화姜貞和

경상대학교 한문학과 졸업. 동 대학교 문학박사
동 대학교 남명학연구소 학술연구교수를 거쳐
현재 동 대학교 경남문화연구원 인문한국(HK)교수로 재직 중이다.
저서로 『남명과 그의 벗들』, 『선인들의 지리산 유람록』(공역),
　　　　『송원시대 학맥과 학자들』(공동) 등 다수가 있다.

최석기崔錫起

성균관대학교 한문교육과 졸업. 동 대학교 문학박사
한국고전번역원 상임연구원 수료, 전문위원 역임
현 경상대학교 인문대학 한문학과 교수로 재직 중이다.
저서로 『우리가 꼭 알아야 할 공부』, 『선인들의 지리산 유람록』(공역),
　　　　『송원시대 학맥과 학자들』(공역) 등 20여 종이 있다.

지리산
인문학으로 유람하다

2010년　2월 12일 초판 1쇄 펴냄
2010년 12월 30일 초판 2쇄 펴냄

저　자 강정화·최석기
발행인 김흥국
발행처 도서출판 보고사

등록 1990년 12월 13일 제6-0429호
주소 서울특별시 성북구 보문동7가 11번지 2층
전화 922-5120~1(편집), 922-2246(영업)
팩스 922-6990　**메일** kanapub3@chol.com
http://www.bogosabooks.co.kr

ISBN 978-89-8433-801-2 03810

정가 15,000원